U0903426

DEMOCRACY:
AN AMERICAN NOVEL

民主
一部关于美国的小说

〔美国〕亨利·布·亚当斯 著
朱炯强　徐人望 译

Henry Brooks Adams

译林出版社

图书在版编目（CIP）数据

民主 ：一部关于美国的小说 /（美）亚当斯（Adams,H.B.）著；朱炯强，徐人望译．—南京：译林出版社，2015.7

ISBN 978-7-5447-5354-8

Ⅰ.①民… Ⅱ.①亚… ②朱… ③徐… Ⅲ.①长篇小说－美国－现代 Ⅳ.①I712.45

中国版本图书馆CIP数据核字（2015）第051061号

书　　名	**民主：一部关于美国的小说**
作　　者	〔美国〕亨利·布·亚当斯
译　　者	朱炯强　徐人望
责任编辑	陆元昶
特约编辑	刘文硕
出版发行	凤凰出版传媒股份有限公司 译林出版社
出版社地址	南京市湖南路1号A楼，邮编：210009
电子信箱	yilin@yilin.com
出版社网址	http://www.yilin.com
印　　刷	三河市延风印装有限公司
开　　本	960×640毫米　1/16
印　　张	15.5
字　　数	155千字
版　　次	2015年7月第1版　2015年7月第1次印刷
书　　号	ISBN 978-7-5447-5354-8
定　　价	39.00元

译林版图书若有印装错误可向承印厂调换

译　序

一部犀利深刻、妙趣横生的美国的《官场现形记》

朱炯强　徐人望

一

1880 年美国著名历史学家亨利·布鲁克斯·亚当斯的《民主——一部关于美国的小说》首次匿名在美国发表，立即轰动了美国及西方文坛和政界，不仅风靡于读者之中，还立即被列入世界名作之林。而作者亨利·亚当斯也理所当然地被公认为美国一位杰出的文学家。

亨利·亚当斯 1838 年 2 月 16 日生于波士顿一个显赫的官宦世家。曾祖父约翰·亚当斯 (1735—1826) 是继华盛顿之后的美国第二任总统；祖父约翰·昆西·亚当斯 (1767—1848) 曾任美国第六届总统；父亲查尔斯·弗朗西斯·亚当斯 (1807—1886) 则是美国的国会议员、职业外交家和有名的作家。

亨利·亚当斯于 1854 年至 1858 年间就读于坎布里奇“美国政治家的摇篮”——哈佛大学。1858 年毕业后，远涉重洋，赴德国柏林大学深造，专攻法律。他回国后，除

1860年至1861年间随父出使英国，任其秘书外，终身从事写作，并长期执教于哈佛大学，同时还主编当时极有影响的《北美评论》。

亨利·亚当斯从小受着良好的家庭教育，在周围气氛的熏陶下，博学多才，文采横溢，广有著述，从历史、传记到小说、散文，均有所涉。作为历史学家，他最著名的作品当推九卷本《杰弗逊和麦迪逊任内的美国史》，这部浩瀚巨著资料翔实，观点鲜明，文笔流畅，在国内外颇享盛誉，至今仍不失为研究当时历史的一本权威性论著。作为文学家，他的自传体小说《亨利·亚当斯的教育》和富有文学价值的大量信札，历来备受推崇；而这本政治讽刺小说《民主——一部关于美国的小说》更为他在美国文学史上赢得了特别的声誉。

二

亨利·亚当斯年轻时，对政治曾有自己的憧憬和抱负，由于他的民主主义理想与当时美国政坛的现实格格不入，于是绝意政治，潜心研究美国历史和从事创作。他在小说中借失意文人戈尔之口，发出过一段极其精彩的感叹：

> 这类政客的尸体污染了历史的海洋，他们死了，被人遗忘了，只有当历史学家把他们翻出来加以嘲弄时，才会被人记起。

他写作这部政治讽刺小说的动机一方面与他当时壮志难酬的怨愤心境有关，同时他也希冀借此对资产阶级政客们的污行秽迹进行审判和鞭笞。小说的创作年代和故事背景都是南北战争之后，美国发展史上极其重要的重建时期(1865—1887)。在这二十余年间，一方面由于南北统一、废除蓄奴制等一系列进步的社会因素促使了资本主义迅速发展，垄断资本主义也随之开始萌芽；另一方面，连续执政的共和党和在野的民主党既明争暗斗，又狼狈为奸，共同醉心于攫取南北战争后的胜利成果，造成政治腐败，贪污成风，联邦政府的威望一落千丈。

1863 年 11 月 19 日，亚伯拉罕·林肯总统在葛底斯堡发表的著名演说中，提出了“民有、民选、民享”这一响亮的政治口号，激动了人心，鼓舞了许多美国优秀儿女奔赴沙场。可是，战争一结束，这个口号也就被彻底阉割了，小说中大政客大党阀赛拉斯·P. 拉特克利夫一语道出联邦政府的实质：

> **正确的理解，就是民有，民选，由参议员所享受的政权。**

这部小说撕碎了美国“民主政治”的外衣，令人叹服地暴露出它那虚伪骗人和强奸民意的实质。亚当斯出身最高层的官宦世家，这种特殊地位和身份使他得以收集和掌握非常人所能获得的第一手材料。加之他文笔既犀利泼辣，又诙谐风趣，所以，此书问世时，犹如一声振聋发聩的惊雷，吸引了无数读者，以至一时间英美两国的出版商不顾版权，竞相印刷发行。

三

《民主——一部关于美国的小说》讲的是，年轻貌美的纽约富孀莱特富特·李太太，在连遭丧夫失子之痛以后，百无聊赖中偕天生丽质的妹妹移居首都华盛顿，企图探索一下“民主政体”的奥秘，解开心头的美国政治之谜。

她一到华盛顿，慕艳羡富之辈——从国会议员、社会名流、文人学士到富商巨贾、外交使节，乃至谋官求职的失意政客——都闻风而来，她原来宁静的家，立即门庭若市，成了名副其实的“政治沙龙”。

这些应“民主”之运而生的各色人物，各怀目的，在这个“政治沙龙”中要尽了他们的高超伎俩。他们借与李太太交游之机，有的结党营私，彼此笼络奉承；有的刺探政情，以便见风使舵；有的明争暗斗，互相扯皮揭短；更有的希冀一箭双雕，既图占有李太太，又借此飞黄腾达……在这些令人眼花缭乱的一幕幕场景中，有些是通过鲜廉寡耻的自诩，有些是通过互揭阴私的对话，有些是通过李太太姐妹之间的私语，也有些是通过作者自己的旁白，把这些人物形象的典型特征勾勒得活灵活现，惟妙惟肖。这一张张精心勾勒出来的各不相同的脸谱和一个个跌宕起伏的情节，虽有时颇出读者的意料，但作者或紧或慢、有色有声地信笔写来，无不使我们叹服。

参议员赛拉斯·P.拉特克利夫是作者浓墨重彩、着意刻画的中心人物。小说中雅各布只是一个“在内阁和朋友们的帮助下才免于一天五十次地自取愚弄”的新任总统，是美国重建时期历届平庸无能的总统的化身；而拉特克利夫则是一切“用最肮脏的手段为最卑鄙的目的服务”、玩弄民主于股掌间的资产阶级政客的典型。他学无专长，知识贫乏，但长期混迹政界，独精权术，善耍阴谋。重建时期臭名昭著的官吏分赃制和贪污腐化之风，都在他身上得到了最充分的体现。一个“按联邦法律应进州监狱的罪犯”，却偏偏成了举足轻重的党魁和赫赫有名的参议员。他公开宣称：“如果不能用德行达到目的，那就理所当然地凭借恶行。”他信奉这条原则，身体力行，曾经无视联邦选举法，随心所欲地操纵伊利诺斯州的选举；曾经为一己私利，迫使洲际邮轮公司的巨额行贿……甚至在上述这些罪行被揭露而遭到谴责时，他还不以为耻，反以为荣地称之为“对党，对国，对民的贡献”。在政坛上，他精心策划和施展种种计谋，软硬兼施，又骗又压，迫使心怀宿仇旧怨的政敌雅各布总统作茧自缚，恭请他出任财政部长，并敢怒不敢言地任由他变更组阁名单，让他排斥异己，安插亲信。

“许多自称为人民公仆的家伙，其实不是披着羊皮的狼，就是装成雄狮的蠢驴。”作者这一比喻，一石二鸟，分别击中了这两种不同类型政客的要害。在情场上，拉特克利夫貌似坦诚，温存体贴，在莱特富特·李太太面前表现得百般殷勤，俯首帖耳；为了博取她的同情和信任，还摆出一副忧国忧民、不惜赴汤蹈火的英雄气概，以图她作出婚姻上的承诺，借此进一步飞黄腾达，登上觊觎已久的总统宝座。不过，他最终还是失败了。莱特富特·李太太在卡林顿律师的帮助下，通过大量的事实，终于看清了匍匐在她脚下的这个求婚者的丑恶用心和肮脏灵魂，从而也使她认识了由这类政客所导演和演出的“民主政治”闹剧的真相，心灰意冷地结束了她对美国民主政治之谜的探索。

当然，故事的结局未免是在现实主义的基调上，抹上了一层多少有点儿理想主义的色彩。其实，在那样的社会里，像拉特克利夫这类老谋深算、居心叵测的政治行家，总是左右逢源，青云直上，未必会遭到那么惨痛的惩罚；而莱特富特·李太太也未必能真正认清拉特克利夫的庐山真面目，并以此洞悉美国“民主政治”的真相。

四

《民主——一部关于美国的小说》在写作技巧上有许多足见功力、匠心独运的地方。最显著的特色就是谋篇布局，甚至遣词造句，都服从于揭露民主真相这一主题。具体地说，就是围绕这一中心，使用情场搏斗和政坛厮杀的经纬线编织故事的叙事技巧，从刻画人物形象着手，以人物的典型特性为线索，构思情节，设计画面，因而行文有条有理，裁剪恰到好处，人物毫不游离，始终保持着作品结构的紧凑、严谨和完整性。在刻画人物上，作者蓄意把浓墨重彩的渲染、素描式的勾勒和夹叙夹议的评述融成一体，让它们流水般地互相穿插。小说不仅人物形象有血有肉，生动逼真，而且在特定的环境和气氛的烘托下，主题思想也很突出，给人以一目了然、清澈见底的艺术效果。

在描绘人物的心理活动和思想感情时，作者往往以幽默、诙谐甚至夸张的笔触，或冷讽热嘲，大事铺张；或含蓄讥诮，微言妙语，在字里行间展示人物的性格、素养、志趣和好恶，既让读者从中窥见到他们内心世界的波澜起伏，也令人难忘他们所代表的各类人物的典型特性。除上面提到的拉特克利夫外，小说中的众议员弗伦奇就是代表了那种夸夸其谈、自作多情、自命不凡的口头改革派；一时破口大骂、六亲不认，一时阿谀奉承、低三下四的戈尔，就反映了某些失意文人的特征；此外，如保加利亚驻华盛顿使节雅各比男爵的玩世不恭、花天酒地、醉生梦死，等等，都是特定条件下某种典型性格的真实写照。

此书在语言上的最精彩之处，是人物间的对话。它们洗练清新，一针见血，不拖泥带水，无论是三言两语还是长篇大论，全都各有妙趣，恰如其分地表达了各类人物的身份、地位、性格、素养和其时其地的心情。还有那些不时插入的俏皮评论和生动比喻，有时言简意赅，发人深思；有时又惟妙惟肖，令人哑然失笑，使读者宛如身临其境，如睹其人，如闻其声。

当然，作为一名19世纪末20世纪初的资产阶级的历史学家和作家，亨利·亚当斯不可能没有其时代和阶级的局限，并在他作品中打上相应的烙印。如前面提到的小说结局，明显地拖着一个作者自己的理想主义的尾巴。又如，作者对南北战争的评价似乎有点失之偏颇，尽管这明显与他对战后美国政局的现实不满有关，但无论如何，这是两回事，绝不能因战后政局的腐败，就不加分析地贬低（不论是有意还是无意）南北战争在美国历史上的伟大意义。这主要表现在对现实不满的知识分子卡林顿律师的描写上，对他未免倾注了太多的同情和美化。虽然他为人比较正直，对拉特克利夫之流的政客嫉恶如仇，但他留恋蓄奴制这点是应该受到非议的。而对莱特富特·李太太这个人物当然也过于理想化了。还应该指出的是，作者虽然大胆泼辣地揭露了资产阶级“民主政治”的虚伪性，也无情地鞭笞了那些借民主之名，行肥己之实的政界风云人物，但是，正因为出于一位目睹当时社会现状的严谨的历史学家和作家之手，这部小说才更显出其非同一般的批判价值和社会意义。

一

莱特富特·李太太决定到华盛顿去过冬，而其原因则被许多人认为荒唐乖悖。她身体壮实，却偏说那里的气候有益于健康；她在纽约宾朋如云，却突然想念寥寥几个波托马克河畔[①]的熟人。仅仅在最亲密的知交面前，她才直言不讳，坦率地承认自己备受精神空虚、百无聊赖之苦。自从五年前丈夫去世之后，对于纽约的社交界，她已经胃口倒尽，趣味索然了。她对股票的价格漠不关心，对从事股票交易的人们毫无兴趣；她变得严肃了。这群乱七八糟的男男女女，单调乏味得与他们居住的褐色砖房一样，哪里值得一顾呢？她在心灰意懒中采取了一些应急措施。她阅读了一些德文的哲学原著，却越读越沮丧，因为如此精深的文化居然使人一无所获——一无所获！在与一位博览群书、持先验论观点的代理商谈论了一晚的赫伯特·斯宾塞[②]之后，她也看不出把时间花在哲学上，是否会比早年

① 波托马克河：源于西弗吉尼亚州，流经华盛顿的一条河道。

② 赫伯特·斯宾塞(1820—1903)：英国哲学家。

同一位年轻风流的股票经纪人调情卖俏更加上算。其实，否定的证据是十分明显的。调情卖俏尚可以有所结果——事实上也真的导致了一桩婚姻；而哲学，除了有可能导致另一个同样乏味的晚上，实在毫无意义。因为那些先验论的哲学家们大多上了年纪，一般都有家室，白天忙于事务，一到晚上难免有点儿昏昏欲睡。然而，李太太尽量学以致用。她投身慈善事业，探访监狱，巡视医院，阅读贫民文学和犯罪作品，和那些作恶作孽的统计数纠缠在一起，以致心目中几乎看不到道德的影子。最后，她对这事感到十分厌恶，终于不能忍受了。看来，此路似乎也行不通。她断言自己已经失去责任感了，就她而论，纽约所有的贫民和罪犯，尽可以从今以后威风凛凛地起来造反，控制这块陆地上的每条铁路。她何必操这份心呢？这个城市关她什么事？在这个城市中，她找不到什么似乎需要拯救的东西。人多就有什么特别神圣的地方吗？一百万彼此相似的人，为什么就比一个人更有趣呢？对于这个拥有百万之众的巨大怪物，她能把什么思想灌注到它的心中，使之无愧于她的挚爱和敬重呢？宗教吗？成千上万的教会正在不遗余力地见缝插针，根本没有她创立新教、充当受神启示的先知的余地。雄心壮志？崇高的受人景仰的理想？追求任何高尚纯洁的目标的热情？她一听到这些词语就有气。难道她自己不正是被雄心壮志吞没的吗？而现在，她不正是因为找不到为之牺牲的目标而满心惆怅吗？

莱特富特·李太太如此痛恨纽约、费城、巴尔的摩和波士顿，痛恨一般意义上的美国生活和特殊含义上的一切生活，其原因究竟是雄心壮志——真正的雄心壮志——抑或仅仅是烦躁不安呢？她想要什么呢？不是社会地位，因为论出身她是一个地地道道的体面的费城人。她父亲是著名的牧师，丈夫也同样无可指摘，是弗吉尼亚李氏宗族的一个支脉的后裔，这个支脉为了寻求财富而移居纽约，后来如愿以偿，或者说，找到了足以使这位年轻人在纽约安身立命的财产。在社会上，他的遗孀拥有她自己的无人争议的一席之地。她虽然不比左邻右舍颖悟多少，但人们一直认为她属于聪明的女人之列；她富有财产，至少拥有数量相当可观的，足以提供一个明智的女人享受美国城市生活的全部金钱；她有住宅和马车，衣着体面，饮食精美，使用的家具绝不落后于装璜艺术的最新水平。她游历过欧洲，在历时数年的几次访问之后，回国时一手抱着一帧青灰色的风景画——令人心旷神怡的葛鲁[①] 的典型作品，另一手提着几包波斯和叙利亚的地毯、刺绣，以及日本的瓷器和青铜艺术品。于是，她就宣告已经阅尽欧洲了，并且坦率地公开承认自己是彻头彻尾的美国人。她既不明白，也不怎么在乎究竟居住在美国好，还是居住在欧洲好；她对两者都没有强烈的挚爱；对辱骂两者也不抱反对态度。但是，她一定要猎取美国生活势必提供的一切，酸甜苦辣，兼收并蓄，点滴不遗；她决心非竭尽美国生活之所有不可，凡是能够从中

① 葛鲁（1796—1875）：法国画家。

获得的，她都要大量索取。“我知道，”她说，“美国出产石油和肉猪，我在轮船上见到过它们；我还听说它出产白银和黄金。任何女人都可以挑挑拣拣，择其所好。”

不过，前面说过，李太太最初的生活遭遇并不顺遂。她不久便公开宣称，纽约尽管可以作为石油和肉猪的象征，但生活的黄金，却是殊非她的眼睛能够从中发现的。虽然生活是各种各样的，有各种各样的人、职业、目的和思想，但是所有这些在到达一定的高度后就都突然停止了。它们找不到支撑它们的东西。她或亲或疏地认识十几个富翁，他们分别拥有从一百万到四千万不等的财产。可他们是怎么处置这些钱财的呢？能够拿这些财产派什么与众不同的用途呢？要知道，花费的金钱多于足以满足一切个人需求的数量是愚蠢的，在同一条街上居住两幢房屋、赶着六匹马拉车行都是鄙俗的。然而，在留出一定的进款以满足一切个人需求之后，余下的部分怎么办呢？让它们存积起来无异于承认自己的失败。让李太太极其痛苦的是，这些剩余收入确实在日积月累，但既不能变更、也不能改善它们主人的品质。把它们花在慈善事业和公共设施上无疑是值得嘉许的，但谈得上明智吗？李太太读过许多政治经济学和有关贫民的报道，倾向于认为公共设施应该是公众的义务，个人的巨额捐赠虽然有益，但也有害。退一步说吧，即使把它们用于慈善目的，除了助长那种令她痛苦不堪的人性，使之永继不衰而外，还有什么作用呢？一碰上这个问题，那些纽约的朋友无不求救于根深蒂固的陈腐之见，对此，她毫不顾忌地嗤之以鼻，说她尽管非常钦佩著名旅行家格列佛先生的天赋，但自从寡居以来，却始终不能接受他那大人国[①]的信条：一个政治家，如果能让原来只长一片青草叶子的地方长上两片，那就应该比所有的同行都更多地受到人类的敬重。倘若这位哲学家当时提出青草的质量应该经过改良，那她就不会对他吹毛求疵了。"不过，"她说，"坦率地说，要是在现在只有一个纽约人的地方见到两个纽约人，我实在不能强装高兴；这一见解太荒唐了；一个半就够要我的命了。"

又如波士顿的朋友们。他们说她所需要的正是从事更高级的教育事业，她应该投入为大学和艺术学校而奋斗的神圣行列。李太太朝他们莞尔一笑。"你们知道吗？"她说，"我们纽约已经办了一所全国最阔气的大学了，迄今为止，唯一的困难一直是即使花钱也雇不到学生。你们要我到街上去拦截孩子吗？如果那些异教徒不肯改邪归正，你们能够授权我用火刑柱和武力逼迫他们上学吗？纵使你们能够这样做，纵使我把五马路的小伙子统统赶进大学，迫使他们统统认真地学习希腊语、拉丁语、英国文学、伦理学以及德国哲学，那又怎么样呢？你们在波士顿是这样做的，现在坦白地告诉我，结果如何？大概你们那里有一个光华夺目的上流社会；大概培根街到处都是诗人、学者、哲学家、政治家；你们的晚会一定妙趣横生，你们的报纸一定才华横溢。可我们纽约人怎么从

① 指英国作家乔纳森·斯威夫特所著《格列佛游记》中的大人国。

来没有听说过呢？我们不常进入你们的社交界，但一旦我们进入时，却发现你们的社交界并不见得比我们的优越多少。你们同其他人一样，都长到六英尺高就停止了，为什么没有人长成冠盖如云的大树啊？”

纽约社交界的一个平常之辈，虽然经常领受头领们的这种轻蔑态度，却以平庸之见盲目地反唇相讥。“这女人要干什么？”他说，“被图伊勒伊花园和马博罗宫[①]搞昏头了吗？以为自己该当女皇还是怎么的？为什么不去宣讲女权运动，不去登台演戏啊？如果她不能像别人一样安守本分，何必仅仅因为自己不比我们高大就血口喷人呢？她想从尖酸刻薄的唇枪舌剑中得到什么啊？说到底，她懂得什么！”

李太太的确懂得很少。她贪婪地、不加选择地阅读各种书籍，一个科目接着一个科目地生吞活剥，以至于拉斯金、泰恩与达尔文和斯图尔特·米尔，格斯泰夫·德劳兹与阿尔杰农·斯温伯恩[②]联袂携手，从她的脑海中蹁跹而过。她甚至不怕困难，在本国文学上花过工夫，也许还是全纽约唯一了解一点儿本国历史的女性。当然，她未必能够按先后顺序背出历届总统的姓名，但毕竟知道美国宪法把政权分为行政、立法和司法三大机构，知道总统、议长和大

① 图伊勒伊花园：原法国皇室的御花园，焚于1871年；马博罗宫：英国十七世纪著名政治家和军事将领马博罗的官邸。

② 拉斯金（1819—1900）：英国散文家、批判家和社会改革家；泰恩（1828—1893）：法国历史学家和批判家；斯图尔特·米尔（1806—1873）：英国哲学家和经济学家；德劳兹（1832—1895）：法国小说家；阿尔杰农·斯温伯恩（1837—1909）：英国诗人和评论家。

法官都是重要人物，因而下意识地感到纳闷：他们能不能解决她的问题？他们是不是她想象中见到的浓荫大树？

既然如此，烦躁不安也罢，不守本分也罢，雄心勃勃也罢——随便你怎么叫吧——就可以解释了。这就是远洋轮船上，那种必须先到机舱去同技师谈谈，而后才能放心的乘客的心情。她想亲眼看看那些原始动力的作用，亲手摸摸那架巨大的社会机器，亲自衡量一番那动力的能量；她打定主意，一定要深入庞大的美国民主和政权系统的心脏，去探究它们的奥秘。她并不在乎这种刻意追求会把自己引向何方，因为，以她自己的话说，她至少已经耗尽了两条生命，在此过程中，简直已经坚强得麻木不仁了，因而绝不过高地估计自己的生命。“一个女人，”她说，“在失去了丈夫和一个婴儿后还能保持自己的勇气和理智，那就必然变得非常坚强或者非常软弱。现在，我是纯钢一块，你可以用杵锤冲击我的心脏，它一定会把杵锤弹回去。”

也许，在探尽政治界的奥秘之后，她还会去闯闯别的领域，但她没有妄称此后要到哪里去，或者要干什么，只表示现在想领教一番政治中可能存在的乐趣。她的朋友们说，华盛顿那群代表各地选民的平庸无知的男人无聊之极，相比之下纽约简直是新的耶路撒冷，百老汇大街简直是一所高等学府。他们问她指望从那群人中能找到哪种乐趣。她回答说，如果华盛顿社交界枯燥到如此地步，那她就如愿以偿，就可以高高兴兴地回来了——高高兴兴，这正是她求之不得的心情啊。但是她内心深处憎厌这种寻找男人的提法。她认为自己希望见识的，乃是集中在华盛顿周围的四千万人民和整个大陆的利益冲突；乃是这种被血肉之躯的男人们引导着、约束着、控制着，或者失去约束、不可控制的利益冲突；乃是政权的巨大力量和运转中的社会机器。她探求的乃是权力。

也许，在她的头脑中，社会机器的力量与其技师的力量，即操纵社会机器的人们的权力，有些混淆不清。也许，真正吸引她的，乃是人类对于权力的兴趣；无论她的否认多么强烈，为行使权力而行使权力的热情，毕竟可以迷惑和欺骗一个穷竭一切女性的寻常娱乐的女人。不过，何必去推测她的动机呢？舞台就在她的面前，幕布正在揭开，演员即将登场，她只要悄悄地溜进配角中间，就能见到戏剧怎么上演，戏剧效果怎么产生，悲剧演员怎么装腔作势以及舞台监督怎么诅咒诟骂了。

二

十二月的第一天，李太太乘火车前往华盛顿，当晚五点前进入新近租赁的坐落于拉菲莱特广场的寓所。她又鄙夷又懊恼地对怪诞粗俗的窗帘和糊墙纸耸耸肩膀，于是，接下来的两天她就进行了一场全力征服环境的殊死搏斗。在这场激烈的较量中，注定失败的房屋内如同闯进一个魔鬼，所有的椅子、镜子和地毯，无不在劫难逃。新来的女主人端坐在最混乱的地方，像前面广场上的安德鲁·杰克逊[①]雕像一样沉着， 以这位英雄人物一生中最果断的精神发号施令。第二天傍晚，她大获全胜。一个新的纪元，一种对于生活和义务比较崇高的观念，在蒙昧的未开化的住所中初露端倪了。叙利亚和波斯的财富纷抢占向忧郁灰暗的威尔顿地毯；日本和德黑兰灿若彗星的刺绣和金丝织品悬垂而下，遮盖了每一条色泽黯淡的毛质窗帘；墙上，素描、油画、风扇、刺绣、瓷器，等等，或悬或钉，或粘或

---

① 安德鲁·杰克逊(1767—1845)：美国将军，于一八二九年至一八三七年任美国第七任总统。

贴，纷然杂陈，别具一格；最后是那件家庭祭坛上的饰品，神秘莫测的葛鲁风景画，高踞于客厅的壁炉之上。于是鏖战消歇，大功告成；落日的余辉，温柔地流进窗口，在被救赎的房屋和女主人的心中一齐恢复了平静。

“我看这样行了，西比尔。”女主人环视着周围的场面说。

“还能不行？”西比尔回答说，“你连一只盘子、一把扇子、一条彩巾都不剩了。如果还要盖点儿什么，就非得派人去买几块黑人老太婆的花头巾不可了。这样布置起来有什么用处呢？你以为华盛顿有什么人欣赏吗？他们还以为你在发疯呢。”

“总得有点儿自尊心吧。”姐姐平静地回答。

西比尔——西比尔·罗斯小姐——是马德琳·李的妹妹。对她们两人，即使最精明的心理学家，也找不出半点儿相貌上或者性格上的相似之处；也正因为如此，她们才彼此怜爱，情同手足。马德琳三十岁，西比尔二十四；马德琳不可捉摸，西比尔开朗坦率。马德琳中等身材，丰纤合度，头部匀称，金黄的秀发衬托着表情丰富生动的脸蛋。她双眸的色泽，从来不曾连续两小时保持不变，只是蓝的时候居多，灰的时候较少；妒忌她微笑的人说她养成一种幽默感，以便显示自己的牙齿。他们的说法也许不错，不过，除非知道自己的双手不但极其优美，而且富有表现力，她就不会养成借助手势说话的习惯，这一点则是确确实实的。在衣着方面，她与纽约妇女一样高明，但随着年岁的增长，逐渐显露出一些不从习俗的危险迹象。人们听到她批评过纽约妇女盲目崇拜沃恩先生的金色领带；当这种崇拜方兴未艾时，她甚至与一个衣着华丽的朋友发生过极其激烈的争论。那位朋友应邀参加过沃恩先生的午后茶会。李太太之所以如此，其中的奥妙在于她有艺术家的脾性。这种脾性，如果不及时加以抑制，后果必然不堪设想。不过到目前为止还没有造成危害，实际上反而赋予她那种某些女人才有的风采。它像晚霞那样难以形容，像印度夏天的雾气那么不可触摸，只有凭感觉而不是凭理性的人才能察觉。西比尔根本没有这种韵味。她的想象力从不花在回首往事上。世界上几乎没有什么比她更加热情坦率、表里如一、思想单纯、无忧无虑、富有同情心和不折不扣地讲究实际的少女。她心中既容不下往事的残迹，也容不下对未来的憧憬；纵使在教堂中度过白天，在坟墓中度过夜晚，也绝不能生活在过去或者未来之中。"谢天谢地，她并不聪明，不像马德琳。"马德琳不是教会中的正统派教友，她讨厌布道，没有一个牧师不激怒她整个容易兴奋的神经系统；而在讲究仪式的圣坛前，西比尔却是天真而虔诚的礼拜者，谦卑地顺从保罗传道会的神父。参加舞会时，她虽然绝无例外地得到客厅中的最佳舞伴，而且以为理所当然，却又总是向上帝祈求最佳舞伴。不知怎的，这坚定了她的信仰。姐姐很注意，绝不因此嘲笑她，也绝不惊动她的宗教观念。"有的是时间，"姐姐说，"到宗教让她失望时，她会忘掉它的。"至于经常上教堂的问题，马德琳轻而易举地调和了她们之间的不同习惯。马德琳已经多年不上教堂了，推说这使她产生了不配当基督教徒的感情；西比尔的音质很好，歌喉训练有素，马德琳便坚持要她参加唱诗班。通过这点儿小小的计谋，她们思想轨道上的差异就变得不那么明显了。马德琳不会唱歌，所以不能与西比尔一道上教堂，这个弥天大谎似乎卓有成效，西比尔深信不疑地完全接受了，犹如相信合理的规章制度本身就是充足的理由一样。

马德琳不放纵嗜欲，不浪费金钱，不炫耀自己；她宁愿步行而不常乘车，既不戴钻石，也不穿锦缎，但给人们的一般印象却还是生活奢侈。相反，妹妹却购置巴黎服饰，按照巴黎的全部定规穿戴打扮，温存地俯下洁白丰腴的双肩，听凭巴黎的时装专横地压上一切负担。对此，马德琳照单付账，从不干预。

到华盛顿还不到十天，她们就仪态万方地进入自己的舱位，毫不费力地在社交生活的河流中游荡了。上流社会是友好的。没有不友好的理由。李太太姐妹俩没有仇敌，没有公职，而且竭力让自己受人欢迎。西比尔在纽约过冬，在新港度夏，并非徒然无益；而她的容颜和身姿、声音和舞步，更是无可非议。当然，政治不是她的长处。有一次，在别人的劝诱下，她到国会大厦去了一次，在参议院的旁听席上坐了十分钟。谁也不知道她的观感如何，她以女性的机智避免暴露自己的观点。其实，她对立法机构的概念是很模糊的，游移于教堂与歌剧院中的两种感受之间，所以，宛如某种表演的想法始终没有离开她的脑海。在她的心目中，参议院是人们背诵讲演稿的地方，她天真地以为那些讲演全都有其作用和目的，但由于不感兴趣，便从此裹足不前了。对于国会，人们普遍持有这种观点，许多国会议员也不例外。

姐姐比较有耐性，比较勇敢，至少在连续两星期中，几乎天天都去国会大厦。第二个星期末，当兴趣开始减退时，她觉得与其去国会旁听，还不如阅读《国会议事录》上的辩论记录。她发现那是一桩既费力而又非始终有益的差使，便跳过那些枯燥乏味的部分，最后，如果没有什么令人兴奋的议题，便全部一晃而过。不过，当偶尔被告知某个著名演说家就什么全国关注的问题发表演说的时候，她仍然会兴致勃勃地前往参议院的旁听席。她只要能够去听，就一定怀着几分钦佩的心情听下去，只要是值得钦佩的，就一定感到由衷的钦佩。她一语不发，如饥似渴地凝神谛听，希望了解政权机器是怎么工作的，了解操纵政权机器的人们具备怎样的品质。她把他们一个个地放进自己的坩埚，以强酸烈焰去检验他们。少数人经受住检验，虽然多少有些变形，但终究活着出来了；那些变形的地方就是品质不纯的表现。在所有那群人中，通过这一检验，只有一个人保持相当的属性而足以引起她的兴趣。

这些刚刚开始的对国会的访问，有时，李太太是在约翰·卡林顿的陪同下进行的。他是一位四十岁左右的华盛顿律师，由于是弗吉尼亚人和她丈夫的远亲，所以自称表兄，说话的口气近乎亲昵。这一点是得到李太太的认可的，因为他不但是她喜欢的那种男子汉，而且他受过生活的虐待。他属于南方不幸的一代，与内战一道走向生活；他的不幸，也许还不止于此，因为像大多数在从前的华盛顿学校受过教育的弗吉尼亚人一样，他一开始就看出无论战争的结局如何，弗吉尼亚必然遭到灭顶之灾。他二十二岁时参加叛军，最初是当兵，扛着毛瑟枪随波逐流地经过一两次战役，慢慢地在自己的团中升到上尉，最后在一位少将的参谋部服务。凡是自以为职责之内的事情，他工作起来总是极其审慎，但是从来都毫无热情。叛军投降后，他骑马回到自己家的庄园——这并不困难，他家距离阿波马托克斯[①]只有数里之遥——立即开始钻研法律，继而让母亲和妹妹尽其所能地照料荒芜的庄园，自己到华盛顿从事律师业务，希望赖以谋生糊口，养活她们。差强人意的成功，使他的前景第一次不那么一团漆黑了。李太太的房屋成了他沙漠中的绿洲，他惊奇地发现，在她的面前，自己几乎称得上快活。那是一种非常恬静的快活，以至于西比尔尽管对他很友好，也难免认为他一定相当乏味。然而，这种乏味却吸引着马德琳。她尝过的生活之酒，酸甜苦辣，远远超过西比尔，学会了赏识某些不为幼稚无知的人们所领略的风味和陈年的醇美。卡林顿先生说话慢条斯理，几乎有点儿困难，带点儿那种从前弗吉尼亚学校培养出来的、

① 阿波马托克斯：位于弗吉尼亚州中部，一八六五年四月九日，南军在此投降，南北战争由此结束。

被人称为呆板的尊严，而连续二十年的重负和迟到的希望，更给他增添了一抹近乎忧愁的谨慎。他巨大的魅力在于绝口不谈。甚至从不想到自己。李太太本能地对他深信不疑。“他是一个典型！”她说，“我看三十岁时的乔治·华盛顿就是那个样子。”

十二月的一天，临近中午时，卡林顿跨进李太太的客厅，问她愿不愿意到国会去。

“今天你将有幸听到的演说，也许是我们最伟大的政治家的最后一场了。”他说，“你得去听听才好。”

“我们国产原料的最佳样品吗，先生？”她问道。她刚刚放下狄更斯的小说，书中描绘的美国政治家的精彩形象，犹自跃然在目。

“一点儿不错，”他说，“波奥尼亚的草原巨人，伊利诺斯州的政治宠儿，去年春天以三票之差没有被他的政党提名为总统候选人，而且失败的原因，仅仅是十个小阴谋家比一个大阴谋家更加厉害。这位赛拉斯·P. 拉特克利夫阁下，伊利诺斯州的参议员，他以后还会参加总统竞选呢。”

“他中间那个‘P’是什么意思？”西比尔问。

“就记忆所及，我从未听人谈起过他的中名，”卡林顿说，“可能就表示波奥尼亚或者大草原①吧。我也说不上来。”

“就是上星期我们在参议院时叫我大吃一惊的那位吧？那个庞然大物？六英尺多高，一副威风凛凛的参议员

① 波奥尼亚（Poennia）和大草原（Prairie）都以字母P开头。

架势，顶着个大脑袋，很有点儿相貌堂堂的？”李太太问道。

“正是，”卡林顿回答说，“无论如何，去听听他的讲演吧。他是新总统的绊脚石，不把他稳住，新总统就不得安宁，所以大家都认为，这位波奥尼亚的草原巨人一定可以选择国务院或者财政部。如果真的在它们之间挑选，那他必然选中财政部，他是不顾一切的政治掮客，希望在下次党内总统候选人提名时得到支持。”

李太太很高兴去听了这场辩论，卡林顿也很高兴坐在她的身旁，随时同她交换关于讲演和讲演者的实况评论。

“你和这位参议员打过交道吗？”

“在他的委员会当过几次顾问律师。他是一个出色的主席，总是考虑周到，通常也很有礼貌。”

“他籍贯哪里？”

“出生在一个新英格兰家庭，一定是很体面的。他大概是康涅狄格流域的人，但不知是弗蒙特人、新罕布什尔人还是马萨诸塞人。”

“受过教育吗？”

“在当地的一所大学受过传统的教育。我看他受的教育不多不少，对他恰到好处。他一离校就倏地跑到西部去了，那时他年纪轻轻，刚从废奴制的温床中出来，所以一头栽进伊利诺斯州的废奴运动，经过长期斗争，随着运动的高涨步步青云。可他现在恐怕不会那么做了。”

“为什么不会？”

“他年纪大了，老练了，也不那么机灵了，再说，也没有等待机会的时间了。你从这儿看得见他的眼睛吗？那是新英格兰人的眼睛。”

“别攻击新英格兰人，”李太太说，“我也是半个新英格兰人呢。”

“这叫攻击？你否认他们有眼睛？”

“我承认他们可能有眼睛，但弗吉尼亚人却不能公正地评判它们的表情。”

“那双刺人的眼睛，”他继续说，“铁灰色的，很小，高兴时并不讨厌，发怒时可凶恶得很，但最可憎的还是有点儿疑心的时候，那紧盯着你的样子，就像你是一条出生不久的响尾蛇，必须在适当的时候剪除似的。”

“难道他都不正视你的面孔？”

“不，不过绝不是那种喜欢你的目光。他那双眼睛，似乎是专门探索你能派上什么用场的。咳，副议长准许他讲话了，现在我们可以听听了。刺人的声音，对吗？活像他的眼睛，那态度，跟声音一样带刺。一切都是火辣辣地刺人的。”

“真可惜，他摆了一副那么可怕的参议员架势，”李太太说，“不然，我倒很欣赏他呢。”

“现在他开始讲了，”卡林顿继续说，“你听听，他规避一切尖锐的问题。新英格兰人真有能耐！这家伙真有领导一个政党的天才！你知道一切都干得多妙吗？新总统将被捧得筋舒脉张，怒气顿消，全党将团结起米，有一个坚强的领导。往后我们得看看新总统如何对付他了，拉特克利夫可是一比十啊。喂，那头密苏里蠢驴站起来了，我们走吧。”

当他们步下台阶，走上大街时，李太太仿佛经过深思熟虑，终于作出决定似的转向卡林顿。

“卡林顿先生，”她说，“我希望认识拉特克利夫参议员。”

“明天晚上，”卡林顿回答说，“你将在参议员的宴会上遇见他。”

纽约州参议员斯凯勒·克林顿阁下从前爱慕过李太太，妻子又是李太太的远房表亲，所以，李太太的人情信用状一到，他们立即兑现，邀请她们姐妹参加一个极尽政治显贵之能事的正式宴会。卡林顿先生与她们沾亲带故，也参加了；宴席上的二十人中，几乎只有他一人没有什么官职、头衔和选民可言。克林顿参议员亲切热情地接待了李太太及其胞妹，因为她们是他选民中的妖媚动人的代表。他紧紧地握住她们的手，显然好不容易才按捺住拥抱她们的冲动。这位参议员特别关心漂亮的女人，整整半个世纪以来，在纽约州出现的每一个稍有姿色的姑娘，他都无不表示过爱悦之情。他握着李太太的手，在她耳边低声道歉，很遗憾不得不放弃陪她入席的快乐。在美国，这样的道歉只能发生在华盛顿；不过，华盛顿上流社会的女人极其拘泥礼节，那倒也是事实。他一方面感到遗憾，另一方面又伤心地为李太太可以因此受益而感到宽慰，因为他把后者安排在英国公使斯卡勋爵旁边，“一位非常令人愉快的男人，而且正像我不幸已婚一样，他幸而未婚”；而在她的另一侧，“我不揣冒昧，安排了伊利诺斯州的拉特克利夫参议员；昨天，我看见你全神贯注地倾听他那令人赞叹的讲演。我以为你可能想认识他，对吗？”马德琳回答说自己的心思都叫他看透了；他随即更加亲切热情地转向她的妹妹：“你啊，亲爱的——亲爱的西比尔，我怎样让你晚餐愉快呢？如果我给你姐姐一顶贵族的冠冕，不胜抱歉之至，可没有一顶王冠可以奉献给你啊。不过，我已经尽力而为了。由俄国公使馆的一等秘书康特·波波夫陪你入席——一位迷人的年轻人啊，亲爱的西比尔。我让你认识的那位助理国务卿坐在你的另一边。”接着，在适当的迟延之后，宾客们欣然入席；当大家就座时，李太太发现拉特克利夫的铁灰眼睛，正凝视着她的面孔。

斯卡勋爵确实令人心旷神怡，李太太一生在世，几乎任何时候的任何爱好都莫过于同他作竟席之谈。斯卡勋爵身材修长，头已经秃了，行动并不灵巧，需要说话时每每故意带点儿英国人的结巴；他是一位目光敏锐、富有机智而又往往深藏不露的观察家，一个满足于对自己的诙谐窃窃私笑的幽默家，一个极其成功地运用坦率这个假面具的外交家，同时又是一个华盛顿最得人心的男性。大家都知道他一贯无情地挑剔美国的风俗习惯，但由于他具有把揶揄和风趣熔于一炉的艺术，反而愈加受人欢迎。除了声音，美国妇女的一切他都赞叹不已，甚至不惜偶尔奚落几句本国妇女的民族特色，这无疑奉承了英国妇女的美国姐妹。

现在，他当然愿意兴高采烈地把自己奉献给李太太，可惜适当的礼貌却要求他向女主人献献殷勤；作为一位出色的外交家，他是绝不至于怠慢作为参议员夫人的女主人的，何况是担任外交委员会主席的参议员的夫人。

斯卡勋爵转过脸时，李太太迅速地瞥了波奥尼亚巨人一眼。他正在吃鱼，正在琢磨为什么英国公使两手赤露，而自己却丧失信心，戴上一双宾夕法尼亚街出售的最大最白的小山羊皮手套。想到自己在上流社会中不太优游自在，他未免有点儿感到懊丧。这时，他忽然感到真正的幸福，只能从质朴、诚实的劳苦大众中间寻找。每一个美国参议员，只要是货真价实的民主的，心中无不对这位英国公使潜藏着一种妒忌；因为所谓民主，正确的理解，就是民有、民选而参议员享受的政权；英国公使应该理解这条政治原则，但未必理解的危险却始终存在。斯卡勋爵可能犯下双重错误：忽视纽约州参议员的妻子而冒犯其丈夫，以及垄断李太太的注意力而触怒伊利诺斯州参议员。这两个错误，倘若是年轻的英国人，势必无一幸免，可是斯卡勋爵研究过美国宪法，不久便使纽约州参议员的妻子认为他极其讨人喜欢，同时，伊利诺斯州参议员也恢复了自信：归根到底，纵使在寻欢作乐的上流社会，真正的威严也绝不会有受人忽略的危险；一个参议员代表一个独立自主的州，伊利诺斯州幅员广大，面积与英格兰不相上下——威尔士、苏格兰、爱尔兰、加拿大、印度、澳大利亚以及一些其他的陆地和岛屿略去不计，以免拖泥带水，太不方便；总之，对他来说，即使在轻狂的上流社会，斯卡勋爵也显然不足为惧，李太太本人不是等于说过任何职位都无法与美国参议员等量齐观吗？

才十分钟，李太太就使这位虔诚的政治家拜倒在她的脚下了。对参议院的研究并不是徒劳无益的。她凭正确无误的直觉感知，大凡参议员都有一个共同的特性，即都毫不掩饰地无限渴望阿谀奉承。他们天天啜饮这种政界朋友和随从仆役酿造的酒浆，渐渐上瘾成癖，一见到就心花怒放、笑逐颜开地一饮而尽。马德琳瞥了一眼拉特克利夫先生的面容，知道自己不必担心吹捧得过于庸俗。使用这种女人的诱饵，唯一的约束不是他的自尊，而是她自己的尊严！

马德琳开始向他进攻了。她外貌天真严肃，神态恬静安详，明显地认识到自己的力量。这意味着她具有极大的危险性。

“我昨天听你讲演了，拉特克利夫先生。我很高兴有机会告诉你我多么深受感动，我觉得精彩极了。你没发现它产生了巨大作用吗？”

“谢谢你，太太。我希望它能有助于团结全党，但现在我们还来不及估计它的效果，还需要过几天。”参议员说，全然是参议员的态度，装腔作势，降尊纡贵，但不无戒心。

“你知道，”李太太说，一面转脸向着他，深深地注视着他的眼睛，仿佛对待一位尊敬的朋友，“你知道吗？大家都说我会对华盛顿政治能力的减退大吃一惊，我原本不相信他们的话，听了你的讲演以后，我更可以肯定，他们完全错了。难道你认为国会的效能不如从前吗？”

“嗯，太太，这可是个很难回答的问题。现在施政不如从前容易，现在有各种不同的风俗习惯，社会上有许多精明强干的能人，比从前多得多，各种批评也更多更尖锐了。”

“我看你的讲演方式很象丹尼尔·韦伯斯特[①]，你说是吗？你们是同乡吧？”

李太太这下可击中了拉特克利夫的弱点。他头颅的外形确实与韦伯斯特有些相像，他是把这一点以及同那位宪法解释者的远亲关系引为骄傲的。他开始认为李太太非常聪明了。当他谦虚地承认他们的讲演方式有些类似时，李太太便乘机提起韦伯斯特的讲演艺术；谈话迅速地发展到探讨克雷和卡尔霍恩的长处。参议员发现他的邻座——一位衣着高雅、谈吐和举止很温柔诱人的纽约上流社会的女子——读过韦伯斯特和卡尔霍恩的讲演稿。她觉得，关于说服忠实的卡林顿给她捎书、给她划出值得阅读的章节的事，那是毋需向他说明的。她谨慎地引导着谈话的方向，稍带几分内行而又相当风趣地批评了韦伯斯特讲演艺术的不足，随即轻轻一笑，飞快地盯了一下他那喜悦的眼睛，说：

“我的意见也许并不怎么可取，参议员先生，但我总觉得，我们的前辈过于惦记着他们自己了。还有，除非你来纠正我的错误，不然我就仍然认为你昨天的讲演中，那以‘我们的力量就在这团彼此孤立、乱七八糟的原则之中，而

① 丹尼尔·韦伯斯特（1782—1852）和下面提到的克雷（1777—1852）和卡尔霍恩（1782—1850），均系美国政治家和演说家。

这些原则就是我们党这个半睡半醒的巨人的毛发’开头的一段，无论措辞上或者在比喻上，都完全可以与韦伯斯特的任何讲演媲美。”

伊利诺斯参议员活像一条两百磅重的大鲭鱼升向艳丽的钓饵，当它慢慢地升上水面，一口吞下鱼钩时，那雪白的背心泛射出柔和的银光。他甚至不曾猛扎一下，不曾进行一点儿可以让人察觉的尝试来挣脱那带刺的武器，却轻轻地浮到她的脚下，让她拖上岸去，仿佛上钩被钓竟是一桩快乐。马德琳的手段是否正当呢？如此庸俗的奉承会不会刺痛她的良心？一个女人能如此不顾廉耻地说谎而不贬低自己吗？这些问题，只有可怜的诡辩家才会去问！马德琳鄙夷这种假仁假义的嘴脸。她可以为自己辩护，说自己不是颂扬拉特克利夫，而是贬抑韦伯斯特，说自己对于过时的美国讲演艺术的批评是坦诚的。然而，她不能否认，她故意让伊利诺斯参议员得出与其真实态度迥然不同的结论；不能否认她为了达到目的，存心把他吹捧到必要的程度，并且为自己的得计沾沾自喜。总之，不等宴会结束，这位参议员就满心舒畅，一反开始时的僵硬态度了。他神态自然地谈论着，才智敏捷，出语诙谐。在对李太太讲了许多伊利诺斯的新闻旧事之后，还非常无拘无束地诉说了自己的政治境遇；最后表示希望拜访她，如果有幸知道她在家的话。

“我星期六晚上都待在家里。”她说。

在她眼中，他是美国政治的大祭司，掌握着各种神秘事物的底蕴和解释政治之谜的线索。她希望通过他来探测政治艺术的深度，从它底部的淤泥中掏出她所搜寻的珍珠，掏出必然隐藏在政治中的瑰宝；她要理解他，彻底地研究他，像生理学家利用青蛙和各种幼小的哺乳动物似的利用他，拿他做实验。只要他身上存在着善良或者邪恶，她就一定要找出其善良或者邪恶的内涵。

他是来自西部地区的五十岁的鳏夫，在华盛顿的住所是一套简陋的公寓，里面以公文为唯一陈设，因西部地区的政治家和求官觅职者而活跃空气。夏天，他隐居进一幢偏僻的、绿窗帘的白色木屋；周围是几英尺宽的荒草和一圈白色栅栏。屋子内部就更加苍凉了，只有铁炉子、油布地毯、光秃秃的白色墙壁以及客厅中的一帧巨大的亚伯拉罕·林肯的木刻肖像。一切的一切，无不酷似伊利诺斯州的波奥尼亚！马德琳·李和赛拉斯·P. 拉特克利夫，这两位斗士之间有什么可以等量齐观呢？他有什么希望？她有什么不测？可是，她已经完全把他当成自己的对手了。

三

李太太很快就远近闻名了。对于某些能够预知她是否在家的宾朋，她的客厅成了最受欢迎的社交胜地；但预知女主人在家与否的本领，并不是人所共有的。卡林顿是能够最经常地在那里出现的一个，以至于人们几乎把他看成是她家的成员。只要马德琳想从图书馆借书，或者餐桌上还需要一个男人，他就必然会去贡献一臂之力。保加利亚公使——男爵雅各比老头贪恋每张漂亮的脸蛋和每个窈窕的身姿，现在，他疯狂地一起迷上了她们姐妹两人。该人是个诙谐多智、玩世不恭而身体衰弱的保加利亚浪子，多年来一直被债务和薪俸羁绊在华盛顿。因为看不到歌剧，他总是满腹怨言，而且经常突然失踪，神出鬼没地潜往纽约；同时他又是一个法国和德国文学的狂热爱好者，尤其嗜读小说。他似乎认识本世纪所有声名显赫和臭名昭著的人物，头脑中贮存着大量的趣闻笑料。他是一个优秀的音乐评论家，敢于批评西比尔的唱歌；又是一个嘲笑马德琳杂七杂八的陈列品的古玩鉴赏家，间或还送她一只波斯瓷盘或者一小块刺绣——按他自己的说法，都是很有价值，可以给她带来声誉的。这位苍老的上帝的罪人垂涎一切邪恶荒唐的勾当，但完全接受英国社会的偏见，绝不愚蠢地把自己的意见强加于人。“我要是年轻四十岁，小姐，你就不会这么平静地对我唱歌了。”除了满怀激情地说这句话的时候，他任何时候都愿意一下子和两个姐妹、而不光是与其中的一个结婚。他的朋友波波夫，一个聪明活泼的俄国人，长着一副十足的蒙古人相貌，像姑娘一样多情善感；他酷爱音乐，这时正俯在西比尔的钢琴上。他带来的是教西比尔学唱的俄国小调。这件事如果让人知道，他非让马德琳深恶痛绝不可，因为马德琳是以妹妹的陪伴为己任的。

年轻的康涅狄格州的国会议员C.C.弗伦奇先生则是一个迥然不同的客人。他存心充当政界的才识之士，立志改革官场习气；他有改革的禀赋，却不幸生就自负的天性。他相当富有，相当聪明，受过相当良好的教育，相当诚实，同时又相当鄙俗。他把自己的忠诚分配给李太太和她的妹妹，却以居高临下的态度冒冒失失地称呼后者“西比尔小姐”，因而使后者大为恼火。他特别擅长其所谓的“揶揄”，竭力以拙劣的谐谑表现自己的机智，简直叫李太太忍无可忍；而当态度严肃时，他的谈话又活像参加大学辩论学会年会前的练习，更加折磨李太太的耐性。然而，尽管如此，他以其滔滔不绝地大谈最新政治的动态，以其深切地关心政治赌注的命运，仍然颇有人尽其才的地方。

哈特比斯特·施奈德库彭先生纯粹属于另一种类型。他是费城人，通常住在纽约，从而迷上了西比尔的美貌，并经常给她讲解自己悉心钻研的货币和保护贸易的奥秘，以期博取少女的青睐。为了促进这两方面的兴趣和监护罗斯小姐的幸福，他定期访问华盛顿，或者与一些委员会的委员密谈，或者豪华地宴请国会议员。施奈德库彭腰缠万贯，三十左右年纪，身材高瘦，目光灼灼，脸上光洁无须，礼貌周全而谈锋甚健。他以才思敏捷左右逢源出了名，这一方面是为了自娱，另一方面也是故作惊人之举。他忽而热衷于美术，从技巧上探讨自己的图画；忽而从事文学研究，著了一部以人道主义为宗旨的书《高尚的生活》；忽而又专心于体育运动，又是参加障碍赛马，又是打马球，还配备了一辆四驾马车。他最近的活动是在费城创办《保护贸易评论》，作为进入国会、内阁和当上总统的台阶。这份为美国工业效劳的期刊由他亲自主编。几乎与此同时，他还买了一艘游艇，于是体育界的朋友们纷纷打赌，要看看他究竟先扔掉评论，还是先抛弃游艇。不过，尽管有这些怪癖，他毕竟是位极其和蔼可亲的朋友，滔滔不绝地为李太太倾吐业余政治家的奇谈怪论。

马萨诸塞州的内森·戈尔先生可是个更为高级的人物：相貌堂堂，蓄着灰白胡子，鼻梁挺直、尖峭，眼睛清朗、敏锐。他年轻时是相当成功的诗人，写出的讽刺诗不但名噪一时，而且由于一些辛辣而机警的词句，至今还留在人们的记忆之中；接着他在欧洲专心致志地攻读了许多年，直到著名的《西班牙开拓美洲史》的发表，一跃而名列美国历史学家之首，被委派为驻马德里公使。那是一条获得贵族特许状和美国公民所能领取的政府年金的捷径。他在马德里心满意足地待了四年，但政府的更迭却使他复归林下。隐退了几年之后，他现在抱着恢复旧职的愿望来到华盛顿。因为每个总统都以自己的班子中至少有一名文人为荣，而戈尔先生更有马萨诸塞州代表团绝大多数代表的积极支持，所以，他要如愿以偿，前景十分乐观。戈尔先生不仅极其自私自利，而且相当自负，但是他精明干练，知道如何保持沉默，善于巧献殷勤，又渐渐地戒绝了讽刺挖苦的恶癖。现在，他只有在私下或者在朋友中间才仍然不拘言笑；李太太与他还没有达到这种交谊。

以上都是男宾，李太太的客厅中固然绝对不乏女客，但比起任何拙劣的小说家来，她们毕竟能够更加生动地刻画她们自己。

在通常情况下，客厅中总是流着两股谈话的急流——一股围绕着西比尔，另一股在马德琳周围。

“罗斯小姐，”康特·波波夫领进一个年轻英俊的外国人，说，“你要我把我的朋友康特·奥西尼介绍给你，他是意大利公使馆的秘书。你今天下午不出去吧？康特·奥西尼也喜欢唱歌。”

“我们很高兴见到康特·奥西尼。幸好你这样迟才到，我刚刚从内阁回来。他们真怪！我连眼泪都笑出来了，一直笑了一个多小时。”

“你觉得访问内阁很有趣吗？”波波夫庄重而圆滑地问。

“可真有趣极了！你知道，我是和朱莉娅·施奈德库彭一起去的。施奈德库彭一家都是以色列王的后裔，比所罗门最得意的时候还要神气。我们走进一个房间，里面有几个讨厌的女人，天晓得她们是哪里来的，真想不到这时竟然听到这样一场谈话：‘你姓什么，小姐！’‘姓施奈德库彭。’朱莉娅个子很高，站得直挺挺地回答。‘你有什么我大概熟悉的朋友吗？’‘我想没有。’朱莉娅认真地说。‘唔！我好像从来没听到过这样的姓，不过这没关系，我只想知道谁来访问。’到了街上，我几乎笑得发狂，但朱莉娅一点儿也不了解其中的滑稽可笑。”

康特·奥西尼不大明白自己是否领略了其中的滑稽，只适当地咧咧嘴，微微一笑。在天真的妄自尊大和忸怩不安方面，二十五岁的意大利公使馆秘书当然天下无敌，但他觉得永远不开口可能会损害自己英俊的形象，便立刻有些冒昧地嘟囔说：“你不觉得美国的这社会很奇特吗？”

“社会！”西比尔轻松而鄙夷地笑笑，“美国和挪威一样没有毒蛇。”

“毒蛇，小姐！”奥西尼说，那满脸疑惑，仿佛一个人拿不准该不该冒险踩过薄冰而决定轻轻地走似的，“毒蛇！真的，他们倒是鸽子呢，我愿意把他们叫做鸽子。”

他希望刚才自己用陌生的英语说了句玩笑话，西比尔和悦的笑声使他对此深信不疑，不免欣然色喜，自信恢复，忍不住轻轻地对自己念了两遍：“不是毒蛇，他们是鸽子。”

可是，李太太耳朵灵敏，听到了西比尔的说话，发觉话音中包含一丝她不喜欢的自卑；而那两个年轻的公使馆秘书则无动于衷，表情漠然，仿佛默认只是旧世界才有社会交往的观点。他们也太心安理得了，真是岂有此理！她突然打断他们的谈话，气势汹汹的声音，足以震撼他们的“鸽棚”。

“美国的社会交往？确确实实，美国是有社会文明的，而且是非常高尚的社会交往，但有它自己的规则，下车伊始的人们很少理解。我来告诉你那是什么吧，奥西尼先生，这样你就绝对没有什么犯错误的危险了。美国的‘社会文明’，就是大西洋和太平洋之间的一切诚实的、彬彬有礼和声音悦耳的女人，一切善良、勇敢和毫不矜持的男人。他们人人都有一张自由出入每一个城市和乡村的通行证——‘顺应潮流，不可背时’；一个人的遭遇如何，就取决于是否使用这张通行证，而不取决于这张通行证是否迎合他的愿望。这条规则是毫无例外的，那些以为‘亚伯拉罕是我们的老祖宗’的人，必然被顺应潮流的性格所吞没；这种性格可是我国的大宗出产。”

李太太冲动地一挥叉子，把一块方糖扔进自己的茶杯，完全没有意识到自己的动作未免有点儿可笑。两位受惊的年轻人挨着训斥，根本不懂李太太的意思，只是微微露出默认的神色，站在一旁注视着李太太。但西比尔却诧异得目瞪口呆，因为她姐姐并不是经常这么使劲地挥舞星条旗的。可是，李太太说得太认真了，根本没有发觉他们三人的无声反应，或者，她实在只顾自己说的，别的全不理会。她发泄了一通，大家沉默了片刻，然后，谈话的头绪，又从被西比尔刚刚萌发的那点儿鄙夷所打断的地方，悄悄拣了起来。

卡林顿走进客厅。

“你都在国会干些什么啊？”马德琳问。

“院外活动！”卡林顿以其半真半假的幽默口吻回答。

“这么迅速？国会才诞生两天吗？”李太太惊奇地问。

“太太，”卡林顿极其平静地恨恨回答，“国会议员像天空中的鸟，只有早起才能捉到虫子。”

“下午好，李太太，西比尔小姐，我再一次向你们问好。你们现在是在讨哪些先生的欢心呀？”这就是弗伦奇先生沾沾自喜地自称“揶揄”的高雅格调。他也从国会大厦回来，顺路进来喝杯茶，享受点儿社交生活。西比尔假装没有听见，但脸上的表情却清楚地表明她巴不得狠狠地让他受点儿委屈。弗伦奇先生一边在马德琳身旁坐下，一边问道：“你昨天见到拉特克利夫了吗？”

“见到了，”马德琳说，“昨天晚上他和卡林顿先生都到过这儿，还有一两个其他人。”

“他谈起政治吗？”

“只字没提。我们主要谈书。”

“书！他知道什么书？”

“那你得问他。”

“唉，我们都处在最可笑的状况之中，谁都对新总统一无所知。真的，大家都一团漆黑。拉特克利夫说他也跟我们一样不知道，那绝不可能。他是个很刁的政客，不会没有情报。参议院的一个仆役今天就告诉我的同事卡特，说拉特克利夫昨天给北本德的萨姆·格兰姆斯发了封信；大家都知道，萨姆·格兰姆斯是总统小圈子里的人——啊，施奈德库彭先生！你好，什么时候到的？”

“谢谢，今天上午到的。”施奈德库彭先生说，他刚刚走进客厅。“真高兴又见到你了，李太太。你和你妹妹觉得华盛顿怎么样？你知道我把朱莉娅带来见见世面了吗？我还以为会在这里找到她呢。”

“她刚走。她整个下午都跟西比尔一起参观访问。她说你要她帮你在议员中游说，是真的吗？”

“你说是就是吧，”他笑笑说，“可她没什么用，所以我才来拉你帮忙。”

“我！”

“对，你知道我们都希望拉特克利夫参议员当财政部长，让他直接控制货币和税收，这对我们来说至关重要，所以我就到华盛顿来了，用他们外交上的话说，与他建立比较亲密的关系。我想请他跟我在韦尔克利餐馆吃饭，但我知道他很担心别人耍手腕，我觉得唯一的希望就是把它变成一次妇女的宴会，所以才把朱莉娅带来。我还要设法请斯凯勒·克林顿太太参加，并靠你和你妹妹帮助朱莉娅啦。”

“我！参加游说议员的宴会！这合适吗？”

“为什么不合适？你可以挑选适当的客人嘛。”

“我从没听说过这种事情，看来倒一定很有趣的。但西比尔不能参加，我可以。”

“很抱歉，朱莉娅全靠罗斯小姐，没有她就不肯上桌。”

“唔，”李太太吞吞吐吐地表示同意，“如果你请了克林顿太太，如果你妹妹参加——还有谁呢？”

“请挑选你自己的伴儿吧。”

“我谁也不认识。”

“怎么不认识？首先是弗伦奇，对税收虽不大内行，但现在顶用；其次，我们可以请戈尔先生，他也有个小小的问题要解决，所以一定愿意帮助我们。我们只要再请两三个人就行了，我还可能临时增加个把人。”

“可得邀请议长参加，我想认识认识他。”

“一定照办。还有卡林顿，还有我们宾夕法尼亚州的参议员。这样就好极了。记住，韦尔克利餐馆，星期六晚上七点。”

与此同时，西比尔弹着钢琴，还唱了几句，惹得奥西尼忍不住取而代之，以证明一个人在唱歌的时候可以不损害自己的美貌；雅各比男爵一进来就挑剔他们两人的不是；精灵的戴尔小姐在男朋友中以小冒失鬼闻名，经常埋头于与公使馆秘书调情卖俏，她进来时根本不知道波波夫在场，而当奥西尼和雅各比欺侮可怜的西比尔、在钢琴旁你争我吵时，她便和波波夫一起躲进一个角落。大家都各讲各的，几乎不管别人怎么回答。最后，李太太统统把他们赶出客厅。“我们可是要清静的，”她说，“而且在六点半吃晚饭。”

只要是星期天晚上，拉特克利夫参议员就一定会访问李太太。说他们整个晚上谈的都是书本，恐怕不太符合事实，然而，不管谈论什么，结果都只是加深拉特克利夫对李太太的倾慕。李太太虽然没有这种意图，但她扮演的角色，却比她是个擅于卖弄风骚的妖女艳妇更其危险。对于一个孤独疲惫的政治家，没有什么能比李太太客厅中的恬适具有更大的吸引力了；当西比尔为拉特克利夫先生唱了一两首朴素的小调——参议员是，或者被认为是正统派教友，所以她说自己唱的是外国圣歌——之后，他心中就充满了父亲般的、甚至长兄般的感情，对这位迷人的姑娘念念不忘了。

不久，他的参议员同僚渐渐发觉，这位草原巨人养成一个注意女旁听席的习惯。一天，一份相当友好的报纸纽约《星报》的特派记者乔纳森·安德鲁斯先生，满脸疑惑地走到斯凯勒·克林顿参议员面前。

“你能告诉我，”他说，“赛拉斯·P. 拉特克利夫出什么事了吗？刚才，我在他的座位上跟他谈一个很重要的问题——今天晚上我必须把他的意见送到纽约去——不料他话说了半句就突然停住了，连看也不看我一眼，站起来就离开议事厅，现在我看见他在旁听席上同一位我不认识的女士谈话。”

克林顿参议员慢慢扶正金边眼镜，抬头望望特派记者指的地方。“嘿！莱特富特·李太太！我也要找她谈谈。”

说着便转身离开特派记者，以年轻人特有的敏捷匆匆地追赶伊利诺斯州参议员去了。

“见鬼！”安德鲁斯先生嘟囔说，“这些老傻瓜都中什么邪了？”他抬头看看正在与拉特克利夫亲切谈话的李太太，声音更低地抱怨道：“我倒不如把这件事情写成新闻报道呢！”

当年轻的施奈德库彭先生找到拉特克利夫参议员的办公室，邀请他参加韦尔克利餐馆的宴会时，他发现这位大人正像他自己所说的一样，忙得不亦乐乎，简直没有心思谈话。不行，拉特克利夫参议员现在不能出去赴宴，在目前公务繁忙的情况下，他挤不出时间享受这种乐趣。他遗憾地谢绝施奈德库彭先生的盛情，因为目前有不可抗拒的原因，不能参加社交宴会；对于这条法规，他只允许一种例外：除非在非常特殊的情况下迫于老朋友克林顿参议员的强求。

施奈德库彭先生不胜懊丧，他说，尤其是因为他打算邀请克林顿先生和夫人，还有一位姿色迷人的太太，尽管她难得参加社交活动，却差不多已经同意了。

“这位太太是谁？”参议员问。

“一位叫莱特富特·李的太太，纽约来的，你可能不太认识，不像我这么钦佩她，但我相信，在我见过的女人中，她简直是最聪明的。”

参议员的眼睛蕴蓄着特殊的、不信任的神色，冷峻地落在年轻人坦率的面孔上。过了一会儿，他用深沉的参议员的声调严肃地说：

“小伙子，人生至今，无论女人多么聪明，男人总还有别的事情要忙。还有谁参加你的宴会？”

施奈德库彭先生报告了名单。

“星期六晚上七点，我没听错吧？”

“星期六晚上七点。”

“只怕不太能够参加吧，可我不断然拒绝，也许到时候去得了。不过别指望——别指望我啊。再见，施奈德库彭先生。”

施奈德库彭是个心地颇为单纯的年轻人，像他的同胞们一样看不透世界上的隐晦曲折。他转身离开时，心里暗暗痛骂“这些参议员大摆该死的参议员架子”。他把谈话的全部经过告诉了李太太，是的，他以不切实际的理由邀请她参加宴会，确实不得不忍受这样的惩罚。

“真倒霉，”他说，“我这里不得不要求许多人去跟他周旋，可是他那里却说可能不来。咳！他为什么就不能说一句到底来不来啊？我认识几十个参议员，李太太，他们都是那么一副腔调。他们只顾自己，根本不为别人想想。”

为了安慰他受伤的感情，李太太勉强地笑笑；她相信无论拉特克利夫参议员到不到场，施奈德库彭先生的宴会一定会很愉快，至少她自己一定尽力让它取得成功，西比尔也一定要穿上最新的时装。可是，她仍然有点儿惆怅，因为施奈德库彭先生所能做的，仅仅是满怀信心地声明她是一张王牌，说他告诉拉特克利夫她是聪明绝顶的女人，以及他还可能增加什么最最热烈的颂扬，让拉特克利夫只有惊诧莫名地紧瞪着他，等等。对于这一切，李太太都温厚地付诸一笑，然后尽快地把他送走。

他走后，她在客厅中来回踱着，思虑着。她明白拉特克利夫突然改变语气的意义，深信他一定会去参加宴会，也毫不怀疑为什么他一定会去的原因，可是她是不是被引诱到与男人调情的边缘了呢？与一个比她年长二十岁的伊利诺斯政治家，一个高大笨拙、灰眼秃顶、顶着韦伯斯特式的脑袋、居住在波奥尼亚的参议员？这个假想太荒谬了，简直无法相信，但总的说来，这桩事情本身却是相当有趣的。“我看参议员总会像其他人一样当心自己的。”这就是她的最后结论。她只考虑他的危险，当想到在他这样的年纪，深沉专注的爱情可能带来什么后果的时候，不由得对他产生了一些同情，不由得有点儿问心有愧；至于她自己，则完全没有考虑。然而，迄今为止的一个历史事实却是：年长的参议员对于年轻美貌的妇女有着一种奇异的魅力。他们当心自己了吗？究竟哪一方最需要注意呢？

马德琳和妹妹到达韦尔克利餐馆时，发现可怜的施奈德库彭的脾气不对，作为主人很不合适。

“他不来了！我跟你说过他不会来的！”他对马德琳说，一边领她走进餐馆，“如果我竟然会信奉共产主义，那就要以谋杀参议员为乐事。”

马德琳耐心地安慰他，但他背着克林顿先生，继续以极其粗野无礼的语言诟骂拉特克利夫，最后还鸣铃传呼领班侍者，厉声吩咐开宴。正当其时，大门开处，堂而皇之地出现了拉特克利夫参议员的身影，他的眼睛立即攫住李太太的双眸，她则差点儿失声大笑，因为他穿着高雅，根本不像一个参议员，纽孔中甚至还插了一朵鲜花，而且不戴手套！

既然热情地描述过李太太的姿容，施奈德库彭就不得不要求拉特克利夫参议员陪她入席了；后者毫不迟疑，立即照办。让他陪她入席——要不就是香槟或者其他什么神奇的感应——在他身上发生了惊人的作用。他满面红光，双目生辉，比平时年轻了十岁。他大概决心在参加宴乐的才能方面胜过不朽的韦伯斯特，以证明他们之间的亲戚关系。他一头扎进谈话，又是用新英格兰方言和西部方言讲述传奇轶事，又是绘声绘色地介绍简短精彩的政治经历；调侃戏谑，不拘言笑。

"我一辈子都没有这么惊讶过，"宾夕法尼亚的克雷布斯参议员低声对餐桌对面的施奈德库彭说，"我根本不知道拉特克利夫竟然这么风趣。"

克林顿先生坐在马德琳的另一侧，他悄悄地在她耳边说道："亲爱的李太太，这恐怕是你的缘故了。他在参议院可从来都不是这般讲话的。"

嘿！岂止这般而已，他甚至更上一层楼，以催人泪下的激情描述林肯总统临终时的事迹。别的客人全都黯然失色。议长固然一声不吭，冷冷清清地坐在一旁啃鸭子、喝香槟，就连平常在灭火器前都不遮掩火光的戈尔先生，也不但无意插嘴，反而为坐在对面的拉特克利夫参议员的谈话喝起彩来。居心不良的人或许会说戈尔先生知道拉特克利夫参议员可能当国务卿；尽管如此，他照样以全桌人都能听清的低声向克林顿先生吹捧：“真是才华横溢！真是一个富有创见的头脑！他会在国外引起多大的轰动啊！”的确，撇开宴席上的谈话产生的瞬息即逝的反响，拉特克利夫是有点儿非凡的气质：精明能干，强出风头，招摇卖弄。卡林顿是宴席上唯一头脑冷静的旁观者和怀抱敌意的批评家。也许，一丝淡淡的醋意歪曲了他对拉特克利夫的印象。他今天晚上的情绪特别烦躁，而且也没有完全掩盖自己的不快。

“但愿有谁相信这个家伙。”他对坐在身边的弗伦奇咕哝说。

这句不幸的牢骚使弗伦奇开始考虑如何掏出拉特克利夫的真实心思，于是，他就以平时的乐观态度，加上自负以及高度的原则性，抛出行政改革这么一个在华盛顿的政治谈话中极为敏感的话题。这个话题犹如内战前的蓄黑奴制一样危险。他稍带“揶揄”地向拉特克利夫发起进攻了。弗伦奇是位改革家，一有机会就鼓吹自己的观点，可惜人微力薄，举措往往有点儿滑稽可笑，以致他一开口，连李太太这样热心改革的人，有时都站到对立面去了。现在，他刚刚向拉特克利夫射出一支小箭，狡猾的对手就立即找到机会，自信可以痛快地惩治一下弗伦奇先生，也让大家高兴高兴。李太太虽然热心改革，虽然对拉特克利夫的粗暴态度有些吃惊，但总不能像她所应该那样地责备草原巨人：他把可怜的弗伦奇推翻在地，让他在泥泞中团团打滚。

“你有没有足够的金融常识，弗伦奇先生，你知道康涅狄格最著名的出产是什么吗？”

弗伦奇先生谦虚地回答说，他认为康涅狄格的政治家已经最好地解答了这种问题。

“不，先生！即使在这一点上，你也错了，你连自己最熟悉的方面都没有那些开展览会的清楚。美国的每个小孩子都知道康涅狄格鼎鼎有名的出产是新英格兰人的玩意儿：木头做的豆蔻和不会走的时钟。现在你的行政改革就是另一种这样的新英格兰人的玩意儿，就是木制豆蔻，就是外壳美观而机芯质量低劣的时钟。这一点你完全清楚！你完全是老式的康涅狄格小贩，到处叫卖你的木制豆蔻，直到混进国会，现在你又从口袋中把它们掏出来了，不但要我们按你的开价购买，而且非买不可，否则就要谴责我们的罪恶。哼！我们并不在乎你在自己州里骂街，在自己的选民面前，你怎么谩骂我们都行，随你的便，尽量去多捞几张选票吧！不过别在这儿搞什么竞选花招，我们对你了解得很，而且自己也做一点儿木制豆蔻之类的买卖。”

克林顿参议员和克雷布斯参议员吃吃地笑着，很欣赏可怜的弗伦奇受到的惩治。这就是他们心目中的机智。正如拉特克利夫说的，他们都是做木制豆蔻的买卖的。被斥责的一方试图抗辩，声明他的豆蔻是真货，他绝不卖没有保证的货物，他的商品确实得到两党全国代表大会的保证。

“这样看来，弗伦奇先生，你需要受点儿普通的学校教育，你缺少一点起码的常识。如果不相信我的话，你可以问问我这里的参议员同僚：只要美国人是现在的美国人，你的改革会有什么希望？”

“如果你到我的州去试试，弗伦奇先生，”宾夕法尼亚参议员冷冷一笑，瓮声瓮气地说，“你是得不到什么安慰的。”

“好啦，好啦！”和善的斯凯勒·克林顿先生说，金边眼镜后闪出宽厚的目光，“别太难为弗伦奇啦。他的用意是好的；也许不大明智，但做的却是好事，这一点我比你们都清楚。我并不否认现在的情况很糟，但拉特克利夫说过，问题在人民，而不在我们。去说服他们吧，弗伦奇，别管我们了。”

弗伦奇懊悔自己不该发起攻击，无可奈何地只得喃喃地对卡林顿说：“这批该死的老混蛋！”

“不过，有一点他们是对的，”卡林顿回答，“他们的劝告很有教益，你千万别要求他们哪个人去改革什么，不然，你自己就会被他们所改革。”

宴会的结束和开始时一样兴高采烈；施奈德库彭十分庆幸自己的成功。他推心置腹地向西比尔倾诉了税制和金融上的一切希望和忧虑，特别博得了她的欢心。女宾们一离桌，拉特克利夫就连留下来抽支雪茄也等不及了；他必须回办公室去，他知道那里有好几个人在等候；他要先向女宾告别一声，随即马上离开。可是，将近一小时之后，男宾们回到女宾身旁时，却发现他居然还在告别。原来女宾们都很喜欢他的风趣的谈话，最后，在真的要走时，他又非问不可似的问李太太："你明天照常在家吗？"马德琳微笑着点点头，这才使他拔脚离去。

那天晚上，当姐妹俩一路乘车回家时，马德琳异乎寻常地一声不吭，西比尔则拼命地打了个哈欠，随即辩解说："施奈德库彭先生固然殷勤好客，可整个晚上的酬酢实在太长。那个讨厌的克雷布斯参议员竟然一句话也不说，而酒却实在喝得太多，虽然喝了酒还是那么愚蠢。看来我是不喜欢参议员的。"这时，她疲倦地顿了一下，"哎，莫德，我真希望你已经达到目的了，我相信，你对政治一定该领教够了。难道还没有探求到你那重大的美国之谜吗？"

"大概很接近了吧。"马德琳说，仿佛在自言自语。

四

星期天晚上，风狂雨骤，但一个人对社交活动上了瘾，就得有点儿风雨无阻的精神，因而少数几个亲近朋友仍照常在李太太的客厅中露面了。忠实的波波夫在那里；戴尔小姐冲进来，打算与西比尔小姐欢聚一个小时，但由于与波波夫在一个角落中混过整个晚上，应该一定没有达到自己的目的。卡林顿来了；雅各比男爵也不例外。施奈德库彭及其妹妹与李太太同桌用餐，晚饭后就留着未走；况且西比尔与朱莉娅还要交流各自对华盛顿社交界的看法。戈尔先生愉快地想到，既然李太太家距离他的旅馆只有数步之遥，何苦守在自己房间中备受寂寞，而不乘机去凑凑热闹呢？拉特克利夫参议员最后到场，捧着一杯茶，在李太太旁边坐定以后，很快就安静地同她聊起天来；其他人则不约而同地互相凑在一起。客厅中一片嘁嘁喳喳的细语声，在它的掩护之下，拉特克利夫先生很快就推心置腹地谈开了。

“不妨向你提个建议，如果你想听一场有趣的辩论，我劝你明天到参议院去走一趟。据说路易斯安那州的加勒德打算抨击我上次的讲话，这样，我可能就不得不予以回击了。有你当批评家，我一定能讲得好些。”

“我是那种讨人喜欢的批评家吗？”马德琳问。

“我从没听说讨人喜欢的批评家是最好的批评家，”他说，“公正才是中肯批评的灵魂，我所要求和渴望的是你的公正批评。”

“这种演讲有什么用呢？”她问，“通过演讲，你向脱离困境的边缘靠近一点儿了吗？”

“现在还不大清楚。我们正处在一潭死水之中，但这种状况不会永久不变。其实，我不妨告诉你，不过你绝不能向任何人提起：我们已经采取打破僵局的措施了。某些先生，包括我自己在内，写了几封信，虽然没有直接寄给总统，可是有意要让他看见的。我们想逼他有所表示，借以估计会出现什么情况。”

“嘿！”马德琳笑道，“我一星期前就知道了。”

“知道什么？”

“知道你给北本德的萨姆·格兰姆斯写信。”

“我给北本德的萨姆·格兰姆斯写信的事，你听说些什么了？”拉特克利夫脱口而出，态度有点儿唐突。

“呵，你不知道我已经多么有效地组织了我的特务工作局吧，”她说，“卡特众议员盘问了一个参议院的仆役，使他不得不承认从你手上接到过一封待发的信，是寄给北本德的格兰姆斯先生的。”

“于是，毫无疑问，他一定告诉了弗伦奇，弗伦奇又一定告诉了你，”拉特克利夫说，“原来如此。如果早知道这件事，昨天晚上我就不会那么轻轻地放过弗伦奇了，因为我喜欢亲自把我的事情告诉你，不需要他添油加醋。不过，都怪我自己，我不该相信一个仆役。在这个地方，什么事情都不能长期保守秘密。但有一点卡特先生没有发现，那就是还有好几位先生在同一时间为同一目的写信。你的朋友克林顿先生写了，克雷布斯写了，还有一两个议员也写了。”

“恐怕我不该问你们写了些什么吧？”

“可以问。我们一致认为最好非常客气，非常愿意和解，要求总统向我们透露一点儿他的意图，以免我们发生冲突。我对目前状况给党造成的影响描绘了一幅色彩强烈的图画，并且暗示我自己根本不想满足个人的欲望。”

“你认为结果如何呢？”

“我认为我们必须设法摆脱目前的状况，”拉特克利夫说，“唯一的困难就是新总统没有什么经验，而且很多疑。他以为我们会耍阴谋捆住他的手脚，因而打算先把我们捆住。我本人并不熟悉他，但据那些熟悉他而且很有眼力的人说，他虽然褊狭固执，但还老实，会转过弯来的。我相信，只要谈上一个小时，就能跟他消除一切隔阂。但是，除非他发出邀请，我是绝不会自己找上门去的；当然，发出邀请本身就意味着和解。”

“那么，你担心的是什么危险呢？”

“他可能因为与不太重要的党的领导人——也许是你的朋友弗伦奇那样感情用事的领导人——和解而触怒重要领导人，可能不听劝告作出愚蠢的任命。哎，真的，你今天见到弗伦奇了吗？”

“没有，”马德琳回答说，“我看你昨天晚上那样地对待他，他一定很恼火了。你对他太粗暴了。”

“一点儿也不，”拉特克利夫说，“对这些改革者就需要这样。他攻击我是有意挑战，我从他的态度中看得出来。”

“可改革真像你所描绘的那样绝不可能、毫无希望吗？”

“他所需要的改革，非但毫无成功希望，简直很不可取。”

李太太很严肃地继续追问：“总可以采取一些防止腐化的措施啊。难道我们要永远怜惜那些盗贼和流氓？难道民主体制不可能产生一个廉洁的政府？”

她的激动引起了雅各比的注意，他在客厅的另一端嚷道：“你在说什么啊，李太太？腐化什么啦？”

男人们都竖起耳朵，围拢在他们周围。

“我在问拉特克利夫参议员，”她说，“要是让腐化现象自由泛滥，那会出现什么结果。”

“我可以要求听听拉特克利夫先生的回答吗？”男爵问。

“我的回答就是，”拉特克利夫说，“任何议会制的政府，都不可能长期地比它所代表的社会高尚多少，或者邪恶多少。净化社会，你就同时净化了政府；如果想主观武断地整饬政府，那只能雪上加霜。”

“很像政治家的回答。”雅各比男爵一本正经地点点头，声调中带着一丝讥诮。卡林顿听着拉特克利夫的讲话，脸色越来越阴沉，这时突然转向男爵，问他对拉特克利夫的回答有什么看法。

“嘿！”男爵乜斜着充满恶意的眼睛，大声说道，“我的看法有什么用啊？你们美国人相信自己不受普遍规律的支配，不尊重经验。我活了七十五岁，一直在腐化中生活。我自己也是腐化的，不过我有勇气承认自己的腐化，而你们其他人则没有这种勇气罢了。罗马、巴黎、维也纳、彼得堡、伦敦，统统都是腐化的，唯有华盛顿纯洁！好吧，我明确地告诉你们，我这一辈子从来没有见过哪个社会有美国这么多的腐化因素：街上的小孩子是腐化的，知道怎么欺骗我；大都市简直腐化透了，还有城镇和郡县，各州的议会和全国的法官，都是一丘之貉。人们到处背弃公共的和私人的信托，盗窃钱财，席卷公款潜逃；只有在参议院里，人们才不要钱。你们这些参议院的先生说得很好，你们伟大的美国是文明世界的领袖，绝不能从腐化的欧洲榜样中学到任何东西。你们说得对，很对！伟大的美国不需要榜样。真可惜我不能再活一百年。如果一百年后能够回到这个城市，我一定会发现自己非常满意——比现在满意得多；在腐化透顶的地方，我总是欢天喜地的。ma parole d'honneur[①]！”老家伙猛一挥手，激奋地吼道，“那

① 法文，意为我以名誉保证。

时，美国的腐化，将超过恺撒大帝统治下的罗马，超过利奥十世管辖下的罗马教庭，超过法国的摄政时期！”

男爵这篇小小的演讲，直接针对坐在面前的拉特克利夫参议员，结束时，他满意地看到大家都在屏息静听。他似乎很高兴激恼这位参议员，洋洋自得地欣赏着后者的怒容愠色。拉特克利夫冷峻地瞪视着男爵，颇为简慢地说绝无接受这种看法之理。谈话冷场了。当西比尔应施奈德库彭的要求，在钢琴前坐下，开始弹唱一首所谓小调时，除了男爵，大家都感到松了口气。拉特克利夫一反常态，仿佛被雅各比的高谈阔论搅得心烦意乱，歌声一停，他就借口要回办公室处理急务，率先告辞。随即，其他客人也都一齐离去，只留下卡林顿和戈尔两人。他们坐在马德琳旁边，立刻被她拖进另一场谈话，讨论一个令她大惑不解、这时就像一张不可抗拒的魔网似的罩在心间的话题。

“男爵叫参议员很不舒服。”戈尔有点迟疑地说，“拉特克利夫为什么在这件事情上居然任人指责呢？”

“希望你能解释一下为什么，”李太太回答，“请告诉我，戈尔先生，你代表我们这个地区的精神文明和文化素养，请告诉我怎么看待雅各比男爵的谈话。我该相信谁？相信什么？拉特克利夫先生似乎聪明诚实，难道他是个腐化的政客？他相信，或者自称相信人民，这是不是真话呢？”

戈尔具有丰富的政治经验，绝不至于落入这样的陷阱，他回避李太太的问题。“拉特克利夫先生有他的实际工作，他的责任是制定法律和为总统出谋献策；在这方面他干得极其出色。我们简直找不到可与他匹敌的注重实际的政治家，所以，要求他同时成为社会改革运动的十字军斗士，那是不公平的。”

“不错！”卡林顿粗鲁地打断戈尔，“可他大可不必阻碍改革，大可不必满口仁义道德而又反对惩治罪恶。”

“他是精明的、讲究实际的政治家，”戈尔回答说，“对于任何政治策略和建议，他首先感觉到的就是其中的弱点。”

马德琳沮丧地叹了口气，说：“照你这么说，那谁是谁非呢？怎么可能大家都对呢？我们的哲人贤士，有一半声言世界一直在堕入地狱，另一半宣称世界正迅速地臻善臻美。不可能两者都对。我这辈子只有一件事情，”她笑着说，“必须，而且一定要在瞑目之前弄懂：我非弄清美国究竟是对是错不可。这个问题目前非常现实，我真希望知道要不要相信拉特克利夫先生。如果摈弃他，那就必然把什么都扔掉了，因为他仅仅是一个代表。”

“那为什么不相信拉特克利夫先生啊？”戈尔说，“我就是相信他的，而且敢于直言不讳。”

这时，卡林顿简直把拉特克利夫当成魔鬼的象征了，他插嘴说除了拉特克利夫，大概戈尔先生还有别的更可靠的向导可以信赖；马德琳则以其女性的敏锐，击中戈尔先生甲胄上薄弱得多的环节，一针见血地问他是不是同时相信他所代表的事物。“你认为民主政治是最好的政治形式，认为普选是成功之举的吗？”

戈尔先生发觉自己被逼进墙角，在困境中进行着濒于绝望的顽抗。

“这些事情，我是很少在社交场合谈及的；它像圣灵的启示，像未来生活的宗旨，像天启教的教义，是人们天经地义地留待自己思索的问题。不过，你既然问起我的政治信仰，我就谨此奉告。我只提出一个条件：我仅仅是对你说的，你千万不要转告别人，也不要加以引用，说是我的看法。我相信民主政治，因为我觉得，它是以前各种政治形式的必然结果。民主政治严正指出，现在的民智，已经达到前所未有的高度。我们的一切文化教育都是为了提高民智。我们要努力促进民主政治。我要为之奋斗到底。我承认这是一种试验，但却是值得社会发展一试的唯一方向，是足以满足社会本能的唯一的社会责任感，是值得我们为之拼搏和冒险的唯一目标。除此之外，一切办法都是落后的，我说什么也不愿重蹈历史的覆辙。我很高兴人类社会抓住了一堆谁也不能骑墙观望的问题。”

“万一你们的试验失败，”李太太说，“万一这个社会被普选、腐化或共产主义毁灭呢？”

“我希望，李太太，哪个晚上你跟我一道去参观一下天文台，去看看天狼星。你了解过一颗恒星吗？我相信，天文学家一定认为大约有二千万颗可见的恒星，每颗恒星都是一个太阳，跟我们头上的太阳一样，都可能有地球一样的行星绕着它旋转。你如果见到其中的一颗恒星突然变亮，又听说那是一个行星落进去，正在烧毁，并从此结束自己的生涯，失去作为行星的资格，那又作何感想呢？奇怪，是吗？但有什么关系呢？那无异于蜡烛上烧死一只飞蛾。”

李太太微微哆嗦一下。“我可不懂你那高深的哲理，”她说，“你是在无限的广漠中遨游，而我却是有限的啊。”

“根本不是这么回事！我有我的信仰，也许不是崇奉旧的信条，而是崇奉新的教义。我信仰人性，信仰科学，相信适者生存。让我们无愧于我们的时代，李太太！如果我们的时代将遭受失败，让我们死在它的队伍之中；如果它将胜利，让我们走在队伍的前列。至少不要躲躲闪闪，嘟嘟囔囔。你看，我这个教义问答背得对吗？这你总听懂了吧！现在请你把它忘掉，如果张扬出去，那可就损坏我在国内的名声了。晚安。”

第二天，李太太按时到达国会大厦。既然受到拉特克利夫参议员的特地邀请，她不得不去。由于西比尔断然不肯再次靠近国会大厦，她自己又觉得总的说来，这点儿事没有劳动卡林顿的必要，于是就独自一人去了。拉特克利夫没有演讲。辩论意外地推延了。他跑到李太太身边的座位上，一直赖到李太太不肯让他再坐下去。他变得更加推心置腹了，告诉李太太他果然收到了北本德的格兰姆斯的复信，其中还附了一封新总统写给格兰姆斯先生的信，谈的是他和朋友们表示友好的问题。

“写得很不得体，”他说，“真的，有一部分内容无疑是侮辱别人。我不妨给你念上一段，应该怎么对待，也好听听你的意见。”他说着从口袋掏出书信，选了一段，念道：

"'我也不会不考虑，人们普遍认为这三位参议员'——他指克林顿、克雷布斯和我——'是赫赫有名的所谓参议员集团中最有影响的成员。我固然永远需要恭恭敬敬地收阅他们的信件，但是，在既听取他们的意见，又就教于其他政治顾问方面，我必须继续享有完全的行动自由，而且，在任何情况下，我都必须以遵循人民的意志为第一宗旨，因为名义上的人民的代表并不总是极其忠实地代表人民的意志的。'对这副矫揉造作的总统架势，你有什么看法？"

"至少，我喜欢他的勇气。"李太太说。

"勇气是一回事，常识又是另一回事。这封信是蓄意侮辱。他曾经击败过我，现在又想大动干戈了，这封信就是宣战书。我该怎么办呢？"

"怎样最有利于社会就怎样办。"马德琳严肃地说。

拉特克利夫注视着她的脸，露出毫不掩饰的喜悦。他眼中的神色，是那样的不容误解和忽视，她微微一惊，不由得有些畏缩了。她没有估计到如此明白的感情流露。瞬时，他脸色一沉，问道：

"可怎么才能最有利于社会呢？"

"这你比我清楚，"马德琳说，"我只知道一点：你如果受制于私人感情，那就要犯比他更大的错误。现在我得走了，我要去看望几个朋友。下次我来的时候，你得守信一点儿才是。"

第二次会面时，拉特克利夫向她念了给格兰姆斯回信中的如下一段："每个政党的领导人都命中注定要受攻击和要犯错误，对于这条规律，正如总统所言，我确实绝非例外。我相信，只有伟大的政党才能创造伟大的业绩，因此，我自己的个人之见，凡不能获得普遍赞同的，向来都不坚持。我将继续遵循这条原则；总统可以完全相信，我党的一切议案，即使在提出前没有同我磋商，都将得到我的无私的支持。”

李太太注意地听完他的朗读，问道：“你从来没有跟你们的政党发生过分歧吗？”

“从来没有！”拉特克利夫坚定地回答。

马德琳更加若有所思了，又问：“没有比全党的统一更强大的力量吗？”

“没有，除非全国的统一。”拉特克利夫更加坚定不移地回答。

五

对年轻活泼的女人来说，把一个著名的政治家系在自己的裙裾上，像驯服的棕熊似的到处牵着，这种消遣，较之于把自己拴在对方的身上，让他像印地安婆娘似的拖在背后，确实更有乐趣。这就是马德琳·李在华盛顿政界的第一桩重大发现，其价值顶得上她所读过的全部德国哲学著作，甚至包括整整一部赫伯特·斯宾塞全集在内。毫无疑义，政治生涯的尊荣绝不足以酬偿其中的艰辛。她规定自己连续不断地每天阅读一点儿历届美国总统及其夫人——如果能够发现她们存在的蛛丝马迹的话——的传记和信札。从乔治·华盛顿直到本届总统，那是一幅多么阴沉的图景啊！何等的烦恼，何等的失望，何等严重的错误，何等讨厌的姿态！胸怀崇高的目的却遭受反对、失败和经常的侮辱的，何止一人而已！卡尔霍恩、克雷和韦伯斯特这些声名显赫的议员领袖脸上，也都笼罩着浓重的阴霾，表露出种种失败和不得志的神情；那妄自尊大的自我意识，夸夸其谈的参议员习气，渴求阿谀奉承的热望，以及在命运裁决面前的绝望啊！然而，归根结底，这一切又是何苦呢？

他们都是些庸庸碌碌的人！他们没有重大的思想问题需要解决，没有超越普通道德和日常义务的一般准则的事件需要处理，这个事实真相，他们怎么隐藏得了呢！他们搭了多么复杂的布景、道具，却不过模糊了观众的视线而已！没有他们，难道美国的状况不会反而好些？难道还能变得更糟？他们把它推到深渊的边缘，它脚下还能张开什么更深的裂罅呢？

这个枯燥的问题困扰着马德琳的心。她同拉特克利夫扯起过这个话题，他直率地告诉她，政治的乐趣在于掌握权力。他承认没有他美国也照样安然无恙。“可是我在这儿，”他说，“而且打算继续待下去。”他对腻人的说教爱理不理，对哲学家的政治抱着政治家式的不屑态度；他酷爱权力，想当总统。如此而已。

在她心中占主导地位的，有时是问题的悲剧性的一面，有时是喜剧性的一面，有时又使她啼笑皆非。华盛顿到处表现出人性的单纯，甚于世界上的任何城市；男男女女奇怪地违反常规，叫你笑之不忍，哭之荒唐。幸而，更可悲的表现是很少被体面的人们见到的，只有下面一个小小的社会事件不幸映入他们的眼帘。一天傍晚，李太太去参观总统举行的首次晚间招待会，由于西比尔坚决不肯在稠人广众下抛头露面，卡林顿又委婉地表示身体不适，恐怕难以在那么庄严的场合中应付裕如，李太太只得让弗伦奇先生陪同，与他一道穿过广场，汇入人群，涌进白宫的大门。他们排在公民队列中，终于跨进了客厅。马德琳发现自己站在两个呆头呆脑、泥塑木雕般毫无生气的人形面前。这两个人形就是总统和总统夫人。他们僵硬而笨拙地立在门边，谁的脸上都看不见睿智的影踪，他们以洋娃娃的机械动作向来访者的行列伸着两只右手。李太太见了觉得好笑，但她的笑在嘴唇上僵滞了。显然，在总统及其夫人眼中，这绝不是可笑的事情。他们站在那儿，像两架机械装置，却代表着流过他们身旁的人群。马德琳一把抓住弗伦奇先生的手臂。

“快领我离开这儿，”她说，“到能够看看这个场面的地方去。好！就在这个角落里。真没料到竟然这么叫人莫名惊诧。”

弗伦奇先生以为她在指那些失去常态、蜂拥着穿门过户的男女，便按照自己对于幽默的妙悟雅趣，对从面前通过的人们说了几句粗鄙的笑话。李太太无心向他解释，也不愿听他的笑话。她打断他的话，说：

“哎啊，弗伦奇先生！现在你走吧，我想一个人待半小时，请过半小时回来找我。”于是她就站在那里，眼睛死死盯住总统和总统夫人。握手的人流无穷无尽地淌过他们的身边。

这是一个多么奇异而又严肃的场面，它那致命的魅力在她心上打下了多么深刻的烙印啊！一个对于雄心壮志的可怕的警告！在所有涌进白宫的男女中，除了她竟别无一人察觉这场表演的可笑。他们认为这桩苦差是总统的例行职责之一，根本没有什么可笑，认为这种模仿君主威仪的滑稽仪式竟是民主政治的惯例。对于他们，如此无聊透顶的表演，其天经地义，竟如古西班牙皇室的典礼之于列代腓力普和查理王朝的朝臣；但对她却是一场噩梦，一个鸦片鬼的幻影。她突然觉得这里就是美国社会——现实的和梦幻的——的尽头。她的心在痛苦地呻吟。

“对！我终于到达尽头了！我们要变成蜡人，说起话来像洋娃娃一样吱吱叫了。我们要在世界各地游走，到处握手了。在这个世界中，一切人都没有目标。没有别的世界。这世界比地狱还要可怕。多么可怖的永恒的幻象啊！”

突然，透过迷雾，她看见斯卡勋爵的阴郁面孔向她浮来。他飘到她的身边，他的声音把她召回到现实世界。

“这种游戏，你觉得有趣吗？”他漠无表情地问。

“我们以自己的民族形式，一本正经地参加娱乐活动呢，”她回答说，“不过我确实很感兴趣。”

他们默默地站了一会儿，观看着缓缓回旋摇荡的民主之舞，最后，他又问道：

“你看那个人是谁？那个又高又瘦的男人，两边各挨着一个高挑女子的。”

“那个人嘛，”她回答说，“我看是华盛顿某个政府部门的人员，也可能是衣阿华州的国会议员，身旁是他的妻子和小姨子。他们叫你这位贵族受惊了吗？”

他摆出一副阴阳怪气、无可奈何的表情，看了看马德琳，“你是说她们完全顶得上伯爵夫人啰，这我同意，李太太，我的贵族精神已经崩溃了。只要你吩咐一声，而且肯结识他们，我邀请他们吃饭都行。上次我就请过一位国会议员吃饭，他在我装请帖的信封上用铅笔写了个回条，说要带两个朋友一道来，两个亚胡市这类地方的很体面的选民，按他的说法叫天然贵族。”

“那你就该欢迎他们啊。”

“欢迎了。我想见识见识这两个天然贵族，还以为他们很可能比他们的代表要讨人喜欢些。后来他们来了，很体面的先生，一位打着蓝领结，另一位打着红的，两人的衬衣上都别着钻石饰针，头发梳得精光。他们沉默寡言，不大吃东西，喝得更少；礼貌举止都比我优雅得多呢。临走时，他们异口同声地发出邀请，嘱咐我到亚胡市访问时一定要到他们家去住。”

“如果经常这样邀请邀请，你就不想再找客人了。”

“唷，这我可不太清楚。我看他们倒纯粹是出于无知，他们就那么一点儿见识，但态度好像很谦和。我唯一抱怨的是，从他们身上你什么也得不到，不知道换了他们的妻子，是不是会有趣一点儿。”

“在你们英国，妻子都比丈夫有趣一点儿吗，斯卡勋爵？”

他半闭着眼睛，低头望望李太太，慢条斯理地说：“你了解我们英国妇女？”

“几乎一无所知。”

“那我们谈点儿可以随便聊聊的事情吧。”

“很高兴，我一直在等你解释，你今天晚上的表情为什么这么阴郁？”

“你的问题是完全出于朋友的关心吗，李太太？我真的显得很阴郁？”

“我看阴郁极了。我真的很想知道其中的原因。”

英国公使冷冷的目光扫过整个客厅，然后久久地瞪着总统和总统夫人：他们还在可悲地同来访者握手。而后，他回头盯住李太太的面孔，一语不发。

她催促说：“你一定得解开这个闷葫芦，它都让我闷死了。这些人，倘若在他们工作或者娱乐——如果他们真的在参加什么娱乐的话——的时候，那我见了是不会难受的，在教堂或者教室中也不会，可在这里，他们为什么像可怕的梦魇似的，憋得我受不了呢？”

“我看这是明摆着的。你已经回答了自己的问题了，他们既不在工作，也不在娱乐。”

“那就麻烦你立刻领我回去吧，我都要歇斯底里了。门边那两个折磨神经的泥塑木雕，真叫人看不下去，还有那些挺胸凸肚地走路的家伙，也叫人头昏眼花。我简直不相信他们是真实的人们。我简直希望房子着火，希望发生一场地震，希望有谁去拧总统一把，或者去扯总统夫人的头发。”

李太太再也不肯冒昧地参观白宫了。此后的一段时间里，连谈到总统的职务时态度都很冷漠。她气愤地向拉特克利夫参议员表明自己的意见，他争辩说人民有权谒见自己的总统，总统也有义务接待他们，既然如此，至于进行的方式，便没有什么比总统选择的更为无可非议的了。他费尽口舌，但李太太就是听不进去。“这种权利是谁授予人民的？”她责问道，“是从哪里来的？人民要它干啥？拉特克利夫先生，你不至于连这一点都不清楚吧！我们的总统同其他人一样，也是公民。他怎么突然想出这么一个馊主意，抛弃公民的资格，仿效起皇家威仪来了？我们的总统绝不能叫自己丢丑。这个可怜虫为什么不能满足于像我们大家一样地生活，不能满足于管理自己的事务？他知道自己的行为多么荒唐可笑吗？”李太太甚至明确地表示，为了制止这种愚蠢行为，她简直想当一下总统的夫人。她如果当总统夫人，怎么也不会去表演那种闹剧；如果公众反对，国会可以提出弹劾，可以罢黜她，而她的唯一要求，就是得到在参议院的讲台上为自己辩护的权利。

然而，在华盛顿，极其普遍的看法却是，李太太跻身白宫的欲望比什么都强烈。人们很少认识马德琳，即使在熟人朋友之间，她也难得谈论自己深切关注的问题，因而人们都以为她头脑聪明，城府很深，心怀鬼胎。诚然，可以毫无疑义地说，大凡华盛顿的居民，不是公职人员就是企求官职的，除非坦率地承认自己的目的，否则就大有企图——而且是愚蠢的企图——行骗之罪；但也有少数明显的例外，虽然他们最后也注定要落入这条定规。李太太当然是被当做求官谋职的了。在华盛顿人看来，李太太与

赛拉斯 · P．拉特克利夫结婚，乃是顺理成章的事情。一个时髦而聪明的女人，一年有两三万元的进款，赛拉斯·P．拉特克利夫乐意迎娶，固然毫不足怪；即使李太太，接受一位当代首屈一指的公职人员，一位很可能当上总统、仍然相当年轻而又不无堂堂之貌的人物，也是完全自然的。在这件事情上，她深得华盛顿的那些理智健全但毫无竞争能力的女人的支持，因为对她们来说，总统夫人的意义超过总统本身。的确，美国人只要有鉴于此，则距离其真实国情，就是不太遥远的了。

然而，对于这桩议论中的婚配，有些妇女却不赞成这种善良的世俗之见。她们严厉地批评李太太的行为，毫不犹豫地宣称她是前所未有的、最最恬不知耻、最最野心勃勃的轻佻女子。不幸得很，端庄可敬的斯凯勒 · 克林顿太太不但持此观点，而且几乎毫不隐瞒自己的意见。她对表妹赤裸裸的世俗观念和可能上升的社会地位义愤填膺。

“如果马德琳 · 罗斯嫁给那个粗鄙可恶的半把年纪的伊利诺斯政客，”她对丈夫说，“我就一辈子都不原谅她。”

克林顿先生竭力替马德琳辩护，甚至指出他们的年龄差距实在并不比他们自己的大，但立即遭到妻子的迎头痛击。

“无论如何，”她说，“当时我绝不是一个寡妇，怀着勾引一个最可能当总统的丈夫的鬼胎到华盛顿来的，我绝没有不顾廉耻、急不可耐地到参议院的旁听席上去丢人现眼。李太太应该感到可耻。她是只冷酷无情，不长心肝，没有女人味儿的雌猫。”

娇小可爱的维多利亚·戴尔，一张嘴巴像轻风淅沥和流水潺湲似的喋喋不休，全然不顾唠叨的内容和听话的对象，经常把那些流言飞语的精彩片断告诉李太太。说到特别冒昧的地方，往往假装有点儿结巴，做出一副软语娇憎的天真模样。她心满意足地看到人们以她常犯的罪恶指责马德琳。多少年来，全华盛顿都一致认为维多利亚简直是邪恶的女人，认为她的所作所为，就是破坏每一条行为规范，中伤华盛顿的每一个正常的家庭。简直一无是处。可是，不可否认，维多利亚多情多趣，具有一种奇异的魅力，因而受到普遍的宽容。看看李太太被猝然推落到她的地位上，她简直乐不可支，于是把到处转悠中听来的巧言妙语，精确地学给马德琳听：

“你的表姐，克林顿太太，说你是一只雌——雌——雌猫，李太太。”

“我不相信，维多利亚，克林顿太太绝不会说这种话。”

“马斯登太太说，这都因为你抓到了一只大——大——大老鼠，而克林顿参议员不过是一只小——小——小老鼠。”

自然，所有这些意外的声名都使李太太大为气恼，尤其是随着简短、暧昧的新闻，篇幅较长、态度较肯定的展望拉特克利夫参议员婚姻前景的述评，也很快地接踵而至，相继在报纸上出现了；随之而来的还有对她的描写，出自那些根本未谋一面却富有大胆想象力的女记者手笔。刚见到这些报纸上的文字时，她当然又气又恼，悔恨交加，不免大哭一场，打算第二天就离开华盛顿，并且一想到拉特克利夫就讨厌。报纸的笔调那么不可思议的下流不堪，那么无法理解地触犯女性的清白，在它的面前，她像见到毒蜘蛛似的畏缩了。但是，第一阵汹涌的羞恨过去后，她的血气激荡起来了，她发誓要沿着自己的道路走下去，犹如开始时一样，即使面临偌大美国的全部歹毒和鄙俚，也在所不顾。她无意嫁给拉特克利夫参议员，但喜欢与他交往，乐于得到他的信任；她希望能够阻止他的正式求婚，纵然万不得已，至少也必须推迟到最后一刻。不过，不管多少恶毒用心和流言飞语，都绝不能吓住她，使她不敢与他结婚；除非出现更加强有力的理由，使她毅然决然地非拒绝他不可。在极端的勇气中，她甚至嘲笑她的表姐克林顿太太。她清楚地知道，由于允许，乃至怂恿那位年高德劭的表姐夫向自己表示那么毫不掩饰的殷勤和那么青春火热的情怀，势必激怒他那贤德的太太。

对于事态的发展，最感不快的是卡林顿。他再也不能对自己隐瞒真相了：就一个庄敬自重的弗吉尼亚人而言，他已经深深地堕入了情网。李太太从来不曾向他卖弄过风情，也从来不曾挑逗和鼓励过他。可是，在孤独地同命运的搏斗中，卡林顿发现她是一位热情的朋友，随时准备在任何需要帮助的地方帮助他。任何事业，只要他肯担保，她都愿意慷慨解囊；倘若同情比金钱重要，她便满腔同情，而当金钱和同情全都无济于事时，她又足智多谋，善于指点迷津。卡林顿比李太太更了解她自己。他替她挑选书籍，从国会或者政府各部门把最近的讲演稿和报告送到她手上。他知道她的疑惑和妄想，并且只要自己理解，便尽力向她作些解释。卡林顿太谨慎，也许太羞怯了，不敢公开承认自己的爱情；他太高傲了，不愿让人们以为他想以自己的贫困换取她的财富。可是，当看到拉特克利夫那顽强不屈的意志和寡廉鲜耻的精力，明显地正在吸引着她的时候，他就加倍的焦急不安了。他发现拉特克利夫正在不断地向前推进；发现拉特克利夫迎合李太太的一切弱点，诱之以信任和恭顺；发现在很短时间内，李太太就势必要么嫁给拉特克利夫，要么被人视作无情无义的风骚女人。卡林顿自有其憎恶拉特克利夫参议员的理由，他决心阻止这桩婚姻。不过，他要对付的，将是一个难以挫败的对手，而这个对手却完全能够击溃任何数量的情敌。

拉特克利夫谁也不怕。他在生活中的艰苦奋斗并不是徒劳无益的，他了解冷静的头脑和坚强的自信的全部价值。在与李太太的交往中，就是这种不折不扣的美国性格使他绕过一个个圈套和陷阱，尽管他四面八方都遭到情敌和对手的围攻。当他冒险进入他们的阵地时，他固然像小学生一样笨拙，但一旦把他们引进自己的现实生活的领域，他就很少不把进攻者踩在脚下。而博得李太太的好感的，正是这种切合实用的理智和镇定自若的坚毅。李太太毕竟是女人气质，以为这些天惠都可以称心如意地用来修饰自己，以为异性只要感觉到她的优越就足够了。男人的价值仅仅取决于他们力量的大小和尊重女人的程度。拉特克利夫只要坚忍不拔，永远不发脾气，本来是可以获得巨大成功的，可惜他的性情近来备受折磨，由于在政治活动中不断地强压怒火，在私生活中难免放松了警惕。李太太暗自以为比他高雅的态度，使他很不愉快，有时简直气愤得像牛头犬似的咧嘴龇牙，结果立即遭到李太太的回敬，就像一只玳瑁毛色的良种猫为了制止过分的亲昵，举爪一扑，看起来虽无恶意，但实在很令人伤心。一天晚上，拉特克利夫情绪特别低落，闷闷地坐了一会儿以后，强打精神，从桌子上拣起一本书，看了看书名，翻了几页。碰巧倒霉的是，它是达尔文的著作，是李太太刚从国会图书馆借来的。

“你懂这种东西吗？”参议员冒失地问道，话音中带着轻蔑。

“不甚了了。”李太太回答说，口气相当生硬。

“你要懂这种东西干什么？”参议员又问，“对你有什么用处？”

“也许可以教我们学得谦虚一点儿。”马德琳乘机反唇相讥。

“因为它说我们是猴子的子孙吗？”参议员粗暴地反驳，“你以为自己是猴子的后代？”

“有何不可呢？”马德琳说。

“有何不可？”拉特克利夫重复了一遍，刺耳地大笑起来。“我可不喜欢这门亲戚。你打算把你的远亲们介绍给上流社会吗？”

“比起现在上流社会的大多数成员来，它们倒会带来较多的乐趣呢。”李太太针锋相对地回答，那轻轻的一笑预示着对方即将临头的灾难。

但拉特克利夫是不肯接受警告的，相反，李太太的轻蔑态度仅仅起了火上加油的作用；他不怒则已，一怒就摆出参议员和韦伯斯特的气势。“这种书，”他说，“辱没我们的文明，贬低和糟蹋我们的灵性。只有亚洲的专制国家才用得上，在那里，人民被贬低得如同牛马。雅各比男爵那样的人是会接受这种书的，这一点我能理解，他和他主子们的唯一使命，就是践踏人权。当然，卡林顿先生也会相信这些观点，他相信抽打黑人的天条。可是你，你承认博爱主义和自由主义，却竟和他们一样，真叫人吃惊，叫人不可思议。你犯不着这样做。”

“你对猴子太苛刻了。”参议员的演讲结束时，马德琳严厉地回答，“猴子根本没有伤害过你，它们不在社会上生活，连选举权都没有。如果它们是选民，你就会热情地赞颂它们的智慧和品德。归根到底，我们应该感激它们才是，因为，在这个悲惨世界里，人们如果不从猴子那里继承一点儿快乐的天性——以及演讲的艺术——可怎么过活啊！”

替拉特克利夫说句公道话，他倒是能够正确对待惩戒的，至少能够正确对待李太太的惩戒。每次偶尔爆发的违抗行为之后，他都必然学得更乖一点儿。然而，如果说他允许李太太匡正他的错误，他却绝不愿意接受她朋友的教训。他一有机会就向他们提出正告。但仅此一举往往不足以解决问题。不管是由于自身经验之外所知甚少，抑或是由于不肯涉足可疑的领域，他似乎都非得把一切谈话拉进自己的地盘不可。马德琳百思莫解，不知他之所以这样做，究竟是出于愚蠢呢，还是决心掩盖自己的无知。

“雅各比男爵向我介绍了布加勒斯特的上流社会，使我觉得怪有趣的，”这时，李太太还会说，“没想到布加勒斯特的上流社会竟有这么愉快。”

“我倒想请他见识见识波奥尼亚的上流社会，”拉特克利夫回答，“他将发现一个光辉灿烂的、真正的天然贵族的社会。”

“男爵说他们的政治家都是些才智极其出众的人物。”弗伦奇补充说。

“嘿！保加利亚有政治家，是吗？”参议员反问道。他对罗马尼亚和保加利亚一带的地理概念很模糊，总的印象不外乎那些地方的人们都是住帐篷、穿反毛羊皮和吃凝乳的。“嘿嘿，他们那里有政治家！我倒希望看见他们到西部地区去显显他们的出众才智。”

“真是！”李太太说，“想一想阿提拉[1]及其部落去主持一次印第安纳州的议员预选大会的情景吧。”

“至少，”弗伦奇哈哈大笑，高声说，“男爵说过，整个伊利诺斯州也找不出多少比他朋友能干的政治恶棍。”

“他说过这种话？”拉特克利夫怒气冲冲地大叫。

---

① 阿提拉（406？—453）：433？—453为匈奴王。

“是吗，李太太？可我并不相信。你呢？坦白地说，拉特克利夫，你是怎么看的？伊利诺斯州的政治情况，只有你知道的才值得了解，你确实认为这些保加利亚的恶棍不能组织伊利诺斯州的代表大会吗？”

拉特克利夫不喜欢被人揶揄，尤其是在政治方面，但又不能对弗伦奇发作；比起他的木制豆蔻来，弗伦奇现在的失礼冒犯，不过是一点儿小小的回敬而已。现在要紧的是把谈话的 内容拖出欧洲，离开文学艺术，而弗伦奇的揶揄恰恰给他提供了一条逃遁的道路。

卡林顿十分清楚，拉特克利夫参议员的弱点在于毫无道德观念，他觉得李太太迟早会看出这一点，并且大吃一惊的，所以，唯一要做的就是让拉特克利夫自己暴露自己。卡林顿说话不多，凡有所言，目的都在诱使拉特克利夫吐露真情。然而，他很快发觉拉特克利夫完全了解这种策略，他不但不能损害，反而加强了对方的地位。这家伙的野蛮有时叫人惊奇，即使在卡林顿以为他一筹莫展地陷入绝境时，他也会奋力挣脱，突破一切捕猎者的罗网，更加大胆和危险地扬长而去。

当李太太逼迫太甚时，他往往坦白地承认她的指责。“你说的绝大部分都是事实。政治中是有许多讨厌的和令人沮丧的东西，许多卑鄙下流的东西；我同意你的意见，是存在着虚假和腐化的现象。对此，我们必须尽可能地减少它。”

“你应当告诉李太太她必须怎么办，”卡林顿说，“你有过这方面的经验，听说，有一次你好像被迫对腐化行为采取很严厉的措施。”

听了这么一句奉承，拉特克利夫满面愠色，用最冷峻恶毒的目光向卡林顿瞟了一眼，立即接受挑战：“是的，确有其事。我对此深感遗憾。事情是这样的，李太太——伊利诺斯州男女老幼，尽人皆知，因而我也不必文过饰非——在内战最艰苦的关头，几乎可以肯定，我的州差点儿被和平主义党派操纵；我们认为他们凭借的是阴谋诡计。但不管阴谋诡计不阴谋诡计，我们必须挽救这个州。如果失去这个州，我们就势必失去那次总统选举，从而可能失去这个国家。至少，我是相信内战的命运决定于伊利诺斯州的选举结果的。我当时担任这个州的州长，肩负着这个重任。当时，我们完全控制着这个州的北部郡县及其选举。我们命令一些北部郡县的选举官员，除非接到我们的指示不要公布选举结果；当我们收到南部诸郡的选举报告，知道获得多数所需的确切数字时，我们电示那些北部郡县的选举官员如何如何公布票数，以压倒反对派而取得这个州的胜利。我们这样做了，现在我是这个州的参议员，所以有理由认为，我的做法是广得人心的。这件事情我并不以为值得自豪，但是，只要我认为这样做可以使国家免于分裂，我还要这样做，而且会有过之而无不及。不过，我当然不能指望卡林顿先生的支持，他当时一定在荷枪实弹地反对联邦政府，以此来实行他的改革主张。”

“不错！”卡林顿冷冷地说，“你倒也赢了我了。像那位苏格兰老头一样，只要赢得选票，你并不在乎是谁挑起人民之间的战争。”

卡林顿错了。为国家杀人的人是爱国者，不是凶手，即使分赃时得到一个参议院的席位，也还是爱国者。至于那个在动荡的年代挽救祖国和选举的动机，那是不能指望女人去了解真相的。

不过，与年迈的雅各比男爵相比，卡林顿对拉特克利夫的敌视态度，毕竟微不足道。我们很难解释男爵为什么抱着如此强烈的成见。可是，外交官和参议员从来都是天然的仇敌，何况雅各比公开承认爱慕李太太，觉得拉特克利夫碍手碍脚。这位固执成见、道德败坏的老年外交官鄙夷和憎恶美国参议员，在他昏花的欧洲式的眼睛里，他们是一伙妄自尊大，目空一切，专横跋扈的家伙，他们知识狭隘，经历平庸，在任何重要政府中都鲜有其类。雅各比男爵的政府与美国政府没有什么特别的关系，它在华盛顿的使节无非为他提供了一个职位，所以，他不仅绝无隐瞒个人恶感的必要，反而在一定程度上，把以外交官的手腕表现对拉特克利夫的轻蔑当做自己的使命。因为他知道，拉特克利夫的同僚们即使抱有同感，也不得不加以掩饰。他严肃认真、一丝不苟地履行自己的职责，只要能够用辩证法的利刃刺穿参议员笨重坚韧的妄自尊大的铠甲，他就绝不放过这样的机会。他很高兴在李太太面前机灵地揭露拉特克利夫的新的无知。每逢其时，他的谈话就充满历史知识、五六种语言的旁征博引，以及众所周知的事实；而所言及的事实，全是老人的记忆所无法再现的全部细节，只有这位可敬的参议员才了如指掌、可以随时加以补充的。然而拉特克利夫的回答却总是暴露出自己的孤陋寡闻，缺乏起码的文学艺术和历史学的常识，于是雅各比便一面听一面斜着伏尔泰式的面孔，睨视着李太太。一天晚上，他终于取得了绝顶辉煌的胜利：当他提到莫里哀时，拉特克利夫自以为熟悉，不幸受到诱惑，谈起这位伟人遗憾地受到当时宗教见解的影响。雅各比灵感一闪，发觉他把莫里哀和伏尔泰混为一谈了，便极其和蔼可亲地把倒霉的拉特克利夫押上拷问台，假惺惺地以解释和考问痛加折磨，直至马德琳不得不出来阻拦，才结束这场好戏。当然，拉特克利夫参议员即使不落圈套，也无法逃避雅各比的攻击。这时，男爵往往会越过防御工事，在他的阵地上袭击他。例如有一次，拉特克利夫在为他的全党统一论辩护，雅各比便以这样的讥讽驳得他哑口无言："你的主张完全正确，参议员先生。我同你一样，也曾经是一个忠诚的党员：我的党叫教会党，我是教皇至上主义者。你们党的制度是从我们教会中盗窃去的，你们的全国代表大会就是我们的全基督教教庭内阁；你们同我们一样，都在代表大会或教庭内阁的决议面前放弃理性。而你，拉特克利夫先生，你是教庭内阁的阁员。那些阁员都是很能干的家伙，我认识很多，有过深厚的友谊。他们都不主张改革。你也不主张改革吧，参议员先生？"

拉特克利夫越来越害怕和憎恨这个老头子了，对于这个顽固不化的十八世纪愤世嫉俗者，一切平常的手段统统无能为力。倘若使出国会中厉声厉色、强词夺理的惯技，男爵就付诸一笑，转过身去，吐出几句法语，让对手火上浇油，更加怒不可遏，因为拉特克利夫自己虽然不懂法语，但完全知道马德琳懂得，而且还看见她竭力忍住微笑。拉特克利夫渐渐觉察，雅各比男爵足智多谋，不怀好意，处心积虑地阴谋把他逐出马德琳的客厅，他那双铁灰色的眼睛，也随之越来越冷酷无情了。他发誓绝不败在这尖嘴猴腮的外国佬手下。当然，雅各比也没有什么成功的希望。“老头子了，还能怎么样啊？”他十分诚恳地对卡林顿说，“倘若年轻四十岁，那个大笨蛋休想得逞。唉！要是能够恢复青春，要是我们都在维也纳，那该多好啊！”从男爵的感喟中，卡林顿无疑可以推断：只要决斗之风至今犹存，这位可敬的外交官，必然会故意侮辱拉特克利夫参议员，然后让一颗子弹穿透他的心脏。

六

二月里，天气渐渐转暖，宛若夏天。当此季节的弗吉尼亚，在浓重的裹挟着霰雪的暴风云际，经常筛漏出一抹欺诈的夏天的光辉；时而一连几天，时而一连几个星期，气温竟如六月一般。早春植物绽开勇敢的花蕾；只有森林中光秃秃的树枝，犹自在抗议时令的反常。男男女女都变得倦怠疏懒，于世无求了；生活宛如在意大利似的绚丽多彩，引起人们的美感；大家觉得自己在和畅的、可以触摸的、闪烁着各种可能性的空气中运动。阿林顿[①]迷漫着淡淡的薄雾，竟使国会大厦的刺眼的白光，也变得柔和悦目。生存竞争似乎减退了。大斋期恬静的气氛笼罩着社交界。年轻的外交官不知道面临的危险，禁不住诱惑，以至向傻乎乎的姑娘求婚。心中的血液融化了，滔滔不绝地涌进血管，犹如闪光的小溪，汇集着每一块冰、每一团雪上淌下的清水；仿佛地球上的一切冰雪和心中的冷酷，一切异端邪说和宗派分立，一切魔鬼的行径，都屈服于爱的威力，屈服

① 阿林顿：弗吉尼亚州的一县，位于华盛顿市郊。

于重新唤起的纯洁、温顺和坦诚的美德了。这样的世界是应该没有欺诈的，然而，大量的欺诈，却实在超过任何季节。当此之时，两个浑身市侩气的伪君子，一新一旧，此来彼去，分别处在大街的两端。财产、官职、权势都在拍卖之中。谁的出价最高，谁的仇恨最烈，谁的阴谋最刁，谁干的勾当最肮脏、最下流、最阴险，谁在政治上的工夫下得最多，谁就得到酬赏。

拉特克利夫参议员紧张不安，忙得不亦乐乎。一大群求官者紧跟在他的脚后，包围着他的寓所，请求他签署他们的服务证明书。新总统星期五抵达，所有以拉特克利夫为灵魂的阴谋和集团，一齐活跃起来，等待着新总统的驾临。新闻记者以形形色色的问题搅扰他，参议员同僚要求他出席各种各样的会议；他自己的利益更是盘踞心头，纠缠不开。此时此刻，人们也许以为，他总不肯离开政治赌桌了吧，可是当李太太提起打算与一小伙人——其中包括英国公使和一位在英国公使馆作客的爱尔兰绅士——于星期天到芒特弗农[①]去旅行时，他却大出李太太的意外，强烈地要求同行。他向李太太解释，说他不再掌握政治领导权了，倘若擅自行动，十有八九要犯错误，以及虽然朋友们要求他做点儿什么，但实际上却毫无用武之地啦，一切准备工作都已经就绪啦，等等，所以在现在这样的时候，与英国公使结伴游览芒特弗农，

① 芒特弗农：位于弗吉尼亚州东北部，波托马克河畔，为乔治·华盛顿的故居和基地。

总的说来，几乎是最好的打发时间的方式了，至少可以躲过一天。

斯卡勋爵养成一个习惯，一旦想不出社交活动的花样就找李太太商量。请卡林顿当向导，拉戈尔先生凑趣，约一伙人游览芒特弗农，借以让那位斯卡勋爵不厌其烦地款待的爱尔兰朋友消遣解闷，这个主意就是李太太提出来的。那位顶着邓贝格勋爵头衔的绅士是位破落贵族，一无富足的资财，二无卓著的名声，斯卡勋爵领他访问过李太太，似乎要将他置于她的保护之下。他年纪轻轻，长相俊雅，资质聪明，但有点儿拘泥事实，对幽默缺乏敏感。他脸上经常挂着歉意的微笑，说起话来不是心不在焉就是情绪激动，当稍微说错一点儿，或者因为说话太急而开始结巴时，他就抱歉地笑笑。他的举止也许未免有点儿可笑，但心地善良，头脑清醒，还挂着一个贵族的头衔，所以很得西比尔和维多利亚·戴尔的青睐，致使她们虽然不反对拉特克利夫先生的同行，却不允许其他女人介入。而他，邓贝格勋爵，却热烈地赞美华盛顿将军，据他私下透露，还急于观察美国社会的各个侧面。他很高兴与一小伙人结伴，戴尔小姐也暗暗地下定决心，一定要拿个“侧面”让他见识见识。

和煦的早晨，天色清朗。一艘小汽船停靠在宁静的码头上，几个黑人在懒洋洋地观看着开船的准备工作。卡林顿和李太太以及两位年轻姑娘最先到达，倚在船栏上等待他们的同伴。一会，戈尔先生也到了，衣冠楚楚，戴着手套，穿着浅色风衣；他很注意外表，也很自负相貌出众。接着是一位金发碧眼的漂亮女人，穿着一身黑衣，牵了一个女孩。她一上船，卡林顿就过去和她握手。当他回到李太太身边，李太太问起他的这位新交时，他勉强地笑笑，似乎并不为她感到自豪，并回答说她是他的委托人，是华盛顿鼎鼎有名的漂亮的孀妇。“只要是国会中的人，谁都会告诉你她的情况。她是一位著名的院外活动家的遗孀，丈夫大约两年前去世了。对于一张漂亮的面孔，议员们是什么都不能拒绝的，她曾经是他们理想中的完美女性。但现在却是愚蠢而可怜的。她丈夫得病后很快就死了，令我大为惊讶的是，他在遗嘱中竟然指定我做执行人。我想他是认为可以把自己的文件——那些可能损坏名誉的重要文件——托付给我。他大概来不及检查一遍，销毁那些最好不让别人过目的文件了。所以，你看，我就得照顾他的遗孀和遗孤了，幸亏他们生活优裕。”

“说了半天，你还没告诉我她叫什么名字呢。”

“叫贝克，萨姆 · 贝克太太——他们解缆了，拉特克利夫先生要被扔下了，我去叫船长等一会儿。”

包括两位勋爵和一个提着香味诱人的饭篮的仆役在内，一行十几个人都已经到了；当跳板就要抽起时，一辆马车突然冲上码头，拉特克利夫先生一跃而出，窜上甲板。“马上开船，越快越好！”他对黑人水手说。不一会儿，小汽船就拍打起污浊的波托马克河水，送出一柱浓烟，犹如一只最新发明的驶向国神庙的香炉，开始了它的旅行。

拉特克利夫情绪很好，在介绍如何以英国公使正在等候的托辞和立即回去的许诺逃脱来访者的纠缠。“要是他们知道我到哪儿去，你们就会看到这艘船上挤满企求官职的人们，光伊利诺斯州的就够你们葬身水底的了。”他兴致勃勃，一心想过个愉快的假日。在经过设置着孤零零的岗哨的军械库，经过停泊着不耐风浪的木制战舰的海军船坞时，他向斯卡勋爵指出这些国威的明证，威胁地说，作为外交措施的最后威慑手段，可以用一艘美国战舰送他回家。正当他们在船的一边以上述方式沉湎于自命不凡的心境时，西比尔和维多利亚则在戈尔先生和卡林顿的支持下，在另一边开导邓贝格的思想。

戴尔小姐终于找到一个既能安静地休息又能把握形势的位置，随即装出一副异常端庄的表情，严肃地等待着邻座的贵族提供机会，借以在他面前显露她自信具有的展示一个生活侧面的能力。戴尔小姐是间或可以在美国见到的那种年轻人，他们好像没有什么生活目的，表面上与男人卿卿我我，其实毫不在乎，无非拿破坏常规取乐而已；她从不夸耀自己具备什么美德，她的最大乐趣就是玩世不恭，拿自己开玩笑。

“多么壮观的河流啊！”汽船进入开阔的河面时，邓贝格勋爵说，“我想你们经常在河上泛舟吧？”

“我现在才生平第一次到这儿呢，”惯于撒谎的戴尔小姐说，“我们认为这条河没有什么了不起的，太小了，我们看惯比它大得多的江河。”

“这样说来，恐怕你们就不会喜欢英国的河流了，比起这条大江来，它们不过山涧小溪而已。”

“真是的吗？”维多利亚似乎有点儿惊讶地说，“简直难以想象！这样说来，我就不愿当英国人了，我生活中不能没有大河。”

邓贝格勋爵瞪着眼睛，仿佛表示这种观点简直是毫无道理的。

“除非当伯爵夫人！”维多利亚接着说。她沉思着，凝视着亚历山大，却毫不顾及他的爵位。“我看要是个伯——伯——伯爵夫人，那就可以将就了。一个多么悦耳动听的称号啊！”

“人们普遍认为，公爵夫人更加悦耳动听呢。”邓贝格结结巴巴地说，十分局促不安。这位年轻人很不习惯女人的戏谑。

“我对伯爵夫人倒中意得很，听起来很悦耳。我感到奇怪，你竟然不喜欢伯爵夫人。”邓贝格心神不宁地环顾四周，寻找脱逃的机会。他被围困了。“我想，你大概认为挑选伯爵夫人是一个可怕的负担，你们是怎么挑选的啊？”

当西比尔失声大叫“哎啊，维多利亚！”时，邓贝格勋爵神经质地跟着大家哈哈大笑起来，但戴尔小姐却仍然不露一丝笑容，不提高半点儿平稳的声调。

“咳，西比尔，请别打岔。我对邓贝格勋爵的谈话很感兴趣。他了解我的兴趣纯粹是知识性的，我不弄清怎么挑选伯爵夫人，就解不开心中的疙瘩。邓贝格勋爵，你会怎么劝告一位挑选伯爵夫人的朋友呢？”

邓贝格勋爵开始欣赏她的冒昧了，甚至准备满足她的要求，拟定一两条挑选伯爵夫人的规则，可是，早在他杜撰出第一条规则之前，维多利亚却骤然跳进另一个话题。

“一个伯爵，一个乔治·华盛顿，你愿意当哪一个？邓贝格勋爵？”

“当然是乔治·华盛顿啊。”邓贝格勋爵困惑而礼貌地回答。

“真的吗？”维多利亚佯装惊讶，慢吞吞地问，“你这样回答，真是太感谢你啦，不过，你肯定不是这个意思。”

“真的，我真是这个意思。”

“这可能吗？完全出乎我的意料！”

“为什么出乎意料呢，戴尔小姐？”

“你没有想当乔治·华盛顿的样子。”

“请允许我再问一句，为什么没有呢？”

“当然没有。你见过乔治·华盛顿吗？”

“当然没见过，我出世前五十年他就去世了。”

“我也这样想呢。你知道自己不了解他。好吧，你可以给我们谈谈，你以为华盛顿将军是什么模样？”

于是，邓贝格把斯图亚特王室[1]的画像、格雷诺[2]雕刻的奥林帕斯山主神朱庇特和国会广场上的华盛顿雕像揉在

---

① 斯图亚特王室：该王室于一三七一年至一六〇三年统治苏格兰，一六〇三年至一七一四年统治苏格兰和英格兰。

② 格雷诺（1805—1852）：美国雕刻家。

一起，作了一番颇为溢美的描绘。戴尔小姐带着高傲的神色，不无耐性地听完他的谈话，然后开导他说：

“你说得都很妙——就是言辞未免粗俗，我如果当上伯爵夫人，就非谈吐高雅不可。其实，华盛顿将军乃是一个骨瘦如柴的乡巴佬，相貌很丑，举止很笨拙，文化程度很低，性情很郁抑，脾气很乖戾，眼光很世俗，晚饭后总是醉醺醺的。”

“你真叫我莫名惊诧，戴尔小姐！”邓贝格叫道。

“啊！我可完全了解华盛顿将军呢。我祖父同他很熟悉，两人朝夕相处，经常在芒特弗农一住就是几个礼拜。你千万别相信那些从书报上读来的东西，也千万别相信卡林顿先生将会告诉你的话。卡林顿先生是弗吉尼亚人，会娓娓动听地给你讲没完没了的故事，但连一个真实的音节也不会有。在对待华盛顿的态度上，我们都是爱国者，喜欢掩饰他的短处。我如果不完全相信你绝对不会张扬出去，就不会这样告诉你了。实际上，乔治·华盛顿很小时性情就很暴躁，谁都跟他合不来。有一次，他大发脾气，把他老子的果树砍得精光，人家要用鞭子抽他，他就扬言要用砍果树的小斧头剁他老子的脑袋。他那上了年纪的老婆大吃他的苦头，我祖父经常告诉我，说他亲眼看见华盛顿将军拧她骂她，直到可怜的女人眼泪汪汪地离开客厅。我祖父说，当华盛顿年纪很大时，我祖父有一次看见他突然扑向一个很谦和的客人，把他逐出芒特弗农，一边赶一边不停地用一根有疖瘤的粗手杖打他，而华盛顿又赶又打的原因，仅仅是因为发现那个可怜的家伙讲话结巴。他容不得半点结——结——结巴。”

卡林顿和戈尔听到对于国父的如此描述，不禁哈哈大笑，但维多利亚却继续慢声慢气地絮絮而谈，从不同的知识领域以同样荒唐不经的见闻对邓贝格勋爵进行启蒙教育，一直到邓贝格勋爵认为她是一个见所未见的怪人。当汽船到达芒特弗农时，她仍然兴致勃勃地在谈论着美国社会和美国风俗，尤其是那些非叫人求婚不可的规矩。根据她的说法，邓贝格勋爵灾难就在眼前：男人，尤其是外国的男人，在波托马克河以南的各个州郡中，每到一个城市都必须至少向一位年轻女郎求婚。“昨天，”维多利亚说，“我就从北卡罗来纳州收到一个漂亮姑娘的来信。她是我的知心朋友，她说自己又恼又恨，心乱如麻，因为她的几个兄弟带着滑膛枪去找一位年轻的英国人算账。她担心他不会痊愈了。最后，她说，她当初应该拒绝他的求婚。”

与此同时，汽船的另一侧，马德琳没有受到戴尔小姐周围哄笑声的干扰，正在庄重严肃地与斯卡勋爵和拉特克利夫参议员聊天。同样，斯卡勋爵也有点儿陶醉于迷人的晨景，情不自禁地赞美壮丽的波托马克河，责备美国人对祖国的美丽熟视无睹，不知欣赏。

“你们美国精神，”他说，“是不长眼睑的，只要阳光普照的大路上的一片白光，要不就宁愿一团漆黑，不知道欣赏弗吉尼亚冬天的柔和。”

李太太不高兴听到这样的指责，她认为，美国不像欧洲，不把感情的外衣穿得褴褛不堪，它仍然保留着自己的蕴涵，它在等待着自己的彭斯和司各特，华兹华斯和拜伦，等待着自己的霍加恩和特纳[①]。

“你是向春天要脆甜可口的桃子，”她说，“给我们一千年的夏天，到那时，如果我们的桃子不如你们的香甜，随你怎么骂都行。到那时，可能连我们的声音都变得柔和悦耳了呢。”

她意味深长地望了斯卡勋爵一眼，最后又说：

“跟李太太争辩，我们都处在不利的地位上。”斯卡勋爵对拉特克利夫说，“她开始时是位证人，结束时却是律师。连著名的德文郡公爵夫人的唇舌，都比不上李太太的一半那么令人心服。”

拉特克利夫专心一意地倾听着，凡觉得李太太希望他同意的地方，他都一律赞成。他希望自己能够确切地理解诸如色调啊，色彩啊以及和谐啊之类的词语究竟是什么意思。

到达芒特弗农后，他们信步踏上洒满阳光的小径，并且像一切忠诚的美国人一样，在华盛顿将军的墓前驻足而立。戈尔先生语调郁抑而沉痛地发表了一篇简短的演说：

“华盛顿将军墓，如果竟有人加以整修，那必将令人倍觉伤感。”他说，一面以素有教养的波士顿人的审美目

---

① 彭斯(1759—1796)；司各特(1771—1832)；华兹华斯(1770—1850)；拜伦(1788—1824)均为英国诗人。霍加恩(1694—1764)；特纳(1775—1853)均为英国画家。

光端详着坟墓的大小比例，“照现在这样，这个坟墓只是我们人人不免的简单的不幸，不必过于悲伤。但如果国会的某个委员会用洁白的大理石重新建造，复以哥特式的胡椒瓶，以机制灰墁装饰内壁，那我们的感情又将如何啊！”

然而，马德琳却坚持认为照现在这样，这个坟墓是静谧的景色中唯一纷扰不安的所在，完全不符合她关于在坟墓中安息的见解。拉特克利夫捉摸不透她的用意。

他们继续前行，漫步穿过草坪，进入故居。他们看厌了城市中各种刺目的颜色和形状，很喜爱破旧的护墙板和污损的墙壁。有几个房间仍然住人，几处宽大的壁炉火光熊熊。各处的陈设都相当令人满意，毫无惹人嫌恶的修缮迹象和陌生感觉。他们登上楼梯。当李太太被领进华盛顿将军起居和去世的卧室时，简直忍俊不禁。

卡林顿也微微一笑。“我们弗吉尼亚的旧式房屋大多这样，”他说，“楼下是一排大厅，楼上就是这种空荡荡的房间。弗吉尼亚的房屋有点儿像旅馆客栈，当举行什么比赛活动、婚礼或者舞会时，满屋子都是客人，人们根本不在乎把六七个人塞进一个房间。如果房间很大，他们就在中间挂一条被单，把男女隔开。至于盥洗，那时并不讲究早上洗冷水浴。我们的前辈只要稍稍擦一把就行了。”

“你们弗吉尼亚还在过这样的生活吗？”马德琳问。

“不啦，时移俗易，面目全非了。现在，我们和其他地区的人们一样生活，一样尽力偿还债务。我们的前辈可是用不着还债的，他们现挣现吃，马厩满满的，年轻人总是骑着马到处闲逛，赛马、赌博、喝酒、殴斗、谈情说爱，谁也不知道自己能干点儿什么正经事，直到大约五十年前，旧秩序崩溃，于是一切都成了历史陈迹。”

“同爱尔兰发生的事情一模一样！”邓贝格勋爵很感兴趣，现出一副给《季刊》撰文时的神色，说，“像极了，连房屋都毫无二致。”

李太太尖锐地问他是否对这种旧秩序的破坏感到遗憾。

“人们是难免要遗憾的。”他说，“无论如何，它毕竟产生了乔治·华盛顿和许多像他一样的人物。不过，如果有同样的条件，我们还能造就同样伟大的巨人。”

“倘若可能，你们愿意恢复旧社会吗？”她问。

“为什么啊？它已经衰亡了，连华盛顿将军都救不了它。他生前就已经失去了对弗吉尼亚的控制，他的权力就已经消失了。”

后来，大家走散了一段时间。李太太不知不觉地独自走进宽大的客厅。不一会儿，金发碧眼的贝克太太也领着孩子进来了。孩子吵吵闹闹地奔跑着，声音之大，当年华盛顿太太一定不能容许。马德琳·李太太怀着女性常有的舐犊之情，把小姑娘唤到面前，指着壁炉的白色意大利大理石上雕刻着的牧羊人，编了个小故事哄她；母亲立在一边，故事一讲完，便过于激动地表示感谢。李太太不喜欢她那千恩万谢的态度，或者不喜欢她那感情盈溢的性格，所以当瞥见邓贝格出现在门口时，不由得高兴起来。

“对于家庭生活中的华盛顿将军，你有什么观感？”她问。

“真的，实实在在地告诉你，我感到如归故里。”邓贝格眉飞色舞，喜气洋洋地笑着回答，“我看华盛顿将军一定是爱尔兰人，我从这个地方的外貌上可以看出来。我一定得仔细看看，写篇这方面的文章。”

“如果你已经对他了解得差不多了，”马德琳说，“我想我们该吃中饭了吧。我擅自作主，已经吩咐在外面开饭了。”

门廊上临时摆了一张桌子。戴尔小姐一边照看着张罗中饭，一边谈论着斯卡勋爵的烹调和酒肴。

“我希望这香槟酒完全没有甜味。”她说，“甜味香槟的酒可真够呛。”

什么甜味香槟不甜味香槟，这位年轻姑娘根本莫名其妙，就像她不知道尤里西斯[①] 的酒浆一样，她只知道它们喝起来都同样津津有味。她是在模仿最近一次晚会中请她吃晚饭的英国公使馆秘书。她应斯卡勋爵的邀请尝了尝，一本正经地说估计五度左右，这句话也是从那位秘书口中听来的，她与学舌的鹦鹉一样根本不知道这是什么意思。

中饭吃得很热闹，大家兴致勃勃。中饭后，男人们可以抽烟了，但谈话却越来越认真，最后简直变得剑拔弩张起来。

“你还要找中间色调！”马德琳对斯卡勋爵说，“这屋

① 尤里西斯，即希腊神话中的奥德修斯，献木马计破特洛伊城的英雄。

子墙上的中间色调不是多得很吗，够你心满意足了吗？”

斯卡勋爵回答说，这大概是因为华盛顿实际上属于全人类，因而他的爱好不受地方习俗的限制。

“这里的安谧感难道不诱人？”她继续说，“看那古老的花园，那参差不齐的草坪，看那前方的大江，那河对岸废弃的炮台！一切都那么宁静，华盛顿将军陈旧不堪的小卧室也是这样。人们简直想躺在他的卧室里睡它一两个世纪。可是，讨厌的国会大厦中的那些想当官的家伙，离这儿不过十英里！”

“是啊！那讨厌的国会大厦我可受不了！”维多利亚小姐大声地自言自语，“讨厌的国会大厦！哼，要是没有讨厌的国会大厦，我们谁也到不了这里吧！不过，我可能例外。”

“你当华盛顿太太看起来倒挺合适呢，维多利亚。”

“今天上午，戴尔小姐已经就华盛顿将军的品性问题，很热情地向我们介绍了自己的看法。”邓贝格说，“可我还没有来得及请教卡林顿先生呢。”

“戴尔小姐说的都很有价值。”卡林顿回答，“特点是翔实可信。”

“别捧我，卡林顿先生！”戴尔小姐拖声慢气地说，“我不需要捧场，你也没有恭维别人的习惯。你说，邓贝格勋爵，卡林顿先生不是有点儿像你心目中的华盛顿将军壮年时期的形象？”

“既然你对华盛顿将军作了那样的描绘，戴尔小姐，我怎么还敢苟同呢？”

“我看，”斯卡勋爵说，“至少，我们必须承认，戴尔小姐在介绍芒特弗农的魅力方面，基本上是正确的。一路上，甚至连李太太都曾经同意华盛顿将军——这儿唯一的永久居民——在坟墓中不免带着一副极其厌倦的神情。我自己就不喜欢你们那个讨厌的国会大厦，而喜欢这儿的田园生活。我以此来解释之所以对你们伟大的将军缺乏热情的原因。看来，作为一位依恋故土的弗吉尼亚农场主，他的人格比作为将军或者总统更加伟大。我并不计较他那过于郁闷的性情，他不是外交家，不必花言巧语，但总不能老是惦记着芒特弗农。”

说到这里，邓贝格立即情绪激动地提出反驳，他的话活像你推我搡都要争先跳出来似的。“我们伟大的英国人从来都是思乡怀土的乡绅；我自己就是思乡怀土的乡绅。”

“真有趣！”戴尔小姐低声说。

这时，戈尔先生开口了。“你们先生们当然可以用你们各自的十二英寸的木匠尺去衡量华盛顿将军，但对于我们，根本不是乡绅也根本不特别喜欢弗吉尼亚的新英格兰人，你们又该怎么说呢？华盛顿为我们做了什么呢？他甚至没有假装喜爱我们，不过以礼相待罢了。我并不是找他的岔子，大家都知道，他只喜爱芒特弗农。然而，尽管如此，我们崇拜他。对于我们，他是道德之神、正义之神、责任之神、真理之神，成了六七个尊严的罗马之神的象征。他严峻，孤独，庄严；他应该被奉为神明。我们未经他的允许，却在这儿，在他的门廊上吃饭、喝酒、抽烟，我们擅自侵入他的住宅，我们在背后议论他的卧室，对此，我简直感到惶恐不安。如果我现在听到他从阴间策马而来，看见他突然出现在门口，盯着我们，我就会抛下你们，让你们面对他的愤怒，只顾自己逃之夭夭，躲到汽船中去。我只要这么一想就感到失去了勇气。”

拉特克利夫似乎很喜欢戈尔半认真半开玩笑的意见。“你使我回忆起小时候，”他说，“我父亲要我背诵那篇告别演说[1]时的感想。那时候，华盛顿将军像美国的耶和华，但西部地区是一个蹩脚的神学院。进入国会之后，我才比较多地了解了华盛顿将军的情况，才惊异地发现，他的声望竟然建立在那么单薄的基础上。一个普通的军官，犯过许多错误，从来不曾率领过足以组成一个整军的人马，却因为不当国王而名扬欧洲，倒好像他有希望当国王似的。一位品德高尚、兢兢业业的总统，受到反对派的一定的尊敬，在这样的情况下，连小孩子都会感到施政的容易，而他却忧心忡忡、焦虑不安。他的公文还算写得不坏，像现在美国成千上万人都会写的一样，充分表现了平常的理智。我怀疑他之所以恋恋不舍芒特弗农这块地方，是由于意识到自己的低能和害怕承担责任。今天，这个州可以找出一打与他能力相当的人来，可是我们却不把他们奉为神明了。对于他，我最感到惊奇的，并不是他根本没有军事和政治天才，因为我对他在这方面到底有没有值得重视的才能都

① 告别演说：华盛顿卸任归里时的演说。

感到怀疑，我最惊奇的是他在财务方面居然能像新英格兰人那样精明。他自以为很富有，但绝不愚蠢地乱花一块钱。他简直是我在政治生活中听到的、唯一没有背着债务去世的弗吉尼亚人。”

当他喋喋不休地高谈阔论时，卡林顿瞥了瞥对面的马德琳，看清了她的眼色。拉特克利夫的批评根本不合她的口味。卡林顿看出她认为拉特克利夫不该妄加指责，知道她一定会被激怒。“我要给拉特克利夫先生设置个圈套，”他暗想，“看他能不能逃脱。”卡林顿说干就干，专心一意地听着，因为，作为一个弗吉尼亚人，他在这方面是应该了如指掌的，况且他一家人当年深得华盛顿的信任。

“关于华盛顿将军在金钱事务上的一丝不苟，在过去许多年里，这一带居民中流传着一些稀奇古怪的故事，可能至今还在流传。据说，凡论斤两买的东西，他都非重新称一次不可，凡是论个数买的东西，他都非重新点一次不可，只要斤两或者个数稍有不对，他都要原物奉还。有一次他不在家，管家请人粉刷了一个房间，接着给泥水匠开了工资，将军回来后把房间丈量了一下，发现泥水匠多要了十五先令。这时泥水匠已经死了，将军就在他的遗产中提出十五先令的要求，结果这笔钱照付了。又有一次，一个佃农交租，需要四便士零钱，他付了一元，要求将军在来年的地租扣除余额，但将军不答应，竟让他骑马回家，跑了九英里到亚历山大去取四便士。同时，他又派人请亚历山大的一个鞋匠来给他量脚做鞋。鞋匠回话说他从来不到别人家去量尺码，于是，将军就骑马奔驰了九英里去找他。将军有一个习惯，在餐馆中吃饭要为仆役付与他自己一样多的钱。一个开餐馆的交给他一张用早餐的账单，他的费用是三先令九便士，而他仆人的却是三先令，他就一定要多付九便士，因为他相信仆人同自己吃得一样多。你该怎么看待这些轶事呢？这是不是说明他的庸俗呢？”

拉特克利夫很感兴趣。“这些故事我倒没听说过，”他说，“不过完全不出我的意料。一个对鸡毛蒜皮的小事斤斤计较、大惊小怪的人就是这么回事。现在我们不会这样做了，我们不必像我小时候的新罕布什尔州的农夫一样，在花岗石上种庄稼了。”

卡林顿回答说遗憾的是当时弗吉尼亚人没有这么做，不然，他们就不至于破产了。

戈尔严肃地摇摇头。“我不是对你们说过，”他说，“华盛顿其人的道德是抽象的吗？我确实很敬畏他，耻于探听这些生活琐事。他认为应该把自己的原则运用到睡帽和鸡毛掸子上，这关我们的什么事呢？我们不是他的贴身奴仆，用不着关心他心理上的弱点，只要知道他把自己的道德准则一直贯彻到鸡毛蒜皮上，只要知道我们必须拜倒在他的墓前，那就足够了。”

邓贝格思索良久，最后问卡林顿他的国父是否因此沦为庸俗的政治家。

“关于政治，拉特克利夫先生比我懂得多，你问他吧。”卡林顿回答说。

“按我们对于政治家这个词的理解，华盛顿根本谈不上。”拉特克利夫粗率地说，“他是政治的外行。他那一套现在行不通了，人民不喜欢那种尊贵的态度。”

“我真不理解！”李太太说，“你现在为什么不能照他那么办？”

“因为那是愚弄自己。”拉特克利夫回答，心里喜滋滋的：李太太居然把他同华盛顿相提并论。其实她只是问问为什么行不通，而他那点儿可怜的虚荣心却无与伦比地膨胀起来。

“拉特克利夫先生的意思是说，对于我们这个时代，华盛顿是太高尚了。”卡林顿插嘴说。

这句话是故意刺激拉特克利夫的，何况李太太当即转向卡林顿，不无讥刺地问道：“照这么说，我们就只有华盛顿这么一个忠实的公职人员啰？”

“不，不！”卡林顿高兴地回答，“还有一两个。”

“如果我们的总统都像华盛顿，”戈尔说，“那么，在我们短短的历史上，就会减少几桩丑闻了。”

对于卡林顿往往把谈话往个人品德上扯的做法，拉特克利夫非常恼怒。他认为卡林顿的谈话不但无异于人身攻击，而且完全是故意寻衅。“公职人员，”他咆哮起来，“现在不能继承华盛顿的旧衣钵了。如果现在华盛顿当总统，他也不得不学我们的方法，否则就别想在下届大选中取得胜利。只有傻瓜和书呆子才会想象可以高高在上地治理今天的社会。我们必须深入其中，如果不能用德行达到目的，就必须凭借恶行，否则就只能被对手驱赶下台。这一点，现在如此，华盛顿的时代如此，将来也永远如此。”

“好啦，”斯卡勋爵担心公开吵翻，说，“你们的谈话都快接近于图谋不轨了，我可是派驻贵国的使节啊。我们去看看四周的庭园吧？”

由于某种天然的感应作用，邓贝格勋爵偕同戴尔小姐漫步走向花园。他心中正在收藏刚才的感受，因而比平时更加茫然若失。身旁的年轻女郎对他这种魂不守舍的神情很生气，她扯了一会儿花卉，杜撰了一些名称惊人的新品种，问他在爱尔兰有没有见识过，他回答得恍恍惚惚，简直使她觉得大有失去机缘的危险。

“这是一朵衰败的日规花，你们爱尔兰有日规花吗，邓贝格勋爵？”

“有啊，当然有啰！什么！日规花？唔，有！我向你担保，爱尔兰有许许多多日规花，戴尔小姐。”

“这真叫人高兴。不过，我看你们那里一定只把它们当做装饰，我们这里可完全不同。你看这一朵，它们都是这样的，它们被太阳照射得太厉害了，不能经久。我叔叔在朗布兰奇有一幢别墅，他十年中培养了五株日规花。”

“真离奇！真的，咳，戴尔小姐，我不明白，日规花怎么会被太阳晒坏呢？”

“不明白？真奇怪！你没看到，它们浸沉在阳光下，连一点儿阴影都没有吗。我也是这样，总是那么兴高采烈，从来不会有个消沉的时候。你读过《伯林顿观察》吗，邓贝格勋爵？”

“记不起来，大概没有吧。是一家美国期刊吗？”邓贝格急促地说，企图竭力赶上戴尔小姐在知识天地中疯狂的东奔西突，横冲直撞。

“不，根本不是期刊！”弗吉尼亚姑娘回答，“恐怕你会发现这种读物非常深奥，我也不该涉猎它呢。”

“你经常读它吗，戴尔小姐？”

“一直都在读！我并不像表面上这么轻浮，而且，还有一个比你有利的条件，我熟悉他们的语言。”

这时，邓贝格终于清醒了；由于胜利的满足，戴尔小姐也渐渐地比较理智了。最后，在他们散步的蹊径上，终于闪闪烁烁地飘起缕缕情思。

不久，走散的人群又不得不聚拢了。汽船响起了返航的铃声，大家沿着小径，鱼贯登船，回到原来的位置上坐下。汽船开动时，李太太注视着向阳的山坡，注视着山坡上宁静的华盛顿故居，直到它们渐渐消失。她越看越对自己生气。难道自己真的像维多利亚·戴尔说的，不能在这么纯净的空气中生活吗？自己真的离不开城市中的乌烟瘴气吗？难道自己不知不觉地渐渐受到周围生活的污染吗？难道拉特克利夫的那种不论善美邪恶都兼收并蓄，既然生活于世就须与世同流合污的观点是无可非议的吗？她悲愤地想道，为什么一切东西，甚至故居周围的景物，一经华盛顿之手就净化了呢？为什么任何事物，一经我们接触，就似乎受到玷污呢？为什么看到芒特弗农就会感觉到自己的污秽呢？是不是最好撇开拉特克利夫先生，像小姑娘似的，为摘不到星星月亮而痛哭一场呢？

她默默地站立着，贝克太太的小女孩跑到她的跟前，开始抚弄她的阳伞。

“你的这位小朋友是谁？”拉特克利夫问。

李太太心神恍惚地告诉他，小姑娘是那位漂亮的黑衣女人的女儿，那女人的名字大概叫贝克。

“贝克？你说叫贝克？”拉特克利夫又问。

“贝克——萨姆·贝克太太，至少卡林顿先生是这样告诉我的，他说她是他的委托人。”

就在这时，拉特克利夫几乎马上看见卡林顿走到贝克太太跟前，并且一直在她身旁待到旅行结束。他恶狠狠地紧瞪着他们。随着汽船越来越靠近河岸，他越来越深地陷入沉思。

卡林顿兴致勃勃，觉得今天随机应变，获得了非常的成功，连戴尔小姐都屈尊纡贵地承认他的风采。当时，她自称活着的玛莎·华盛顿[①]，接着便开始琢磨，卡林顿和邓贝格勋爵，她究竟最喜欢哪个人担任华盛顿将军的角色。

“卡林顿先生是最适合不过的，”她想，“不过，嗨，集玛莎·华盛顿和伯爵夫人于一身，一齐兜着，该是多大的快乐啊！”

---

① 玛莎·华盛顿：乔治·华盛顿的夫人。

七

那天下午，拉特克利夫参议员回到办公室，发现果然不出所料，那里聚集着一群心腹朋友和亲近的追随者。从中午开始，他们就在咒骂声中消磨时间，各色各样的污言秽语，凡是他们的生活经历所能提供的，焦躁不安所能激发的，无不咸集毕至；而他，也只要考虑一下自己的心情，就会立即把他们统统驱赶出去，然后砰然锁上房门。他一边从牙缝中挤出对他们长远利益的看法，一边不知不觉地走向自己的门口。要说骂人，那他这时在心中暗暗咒骂的，可真是感情强烈，措辞精湛，足以使他们的任何诅咒都无不黯然失色。与守候在办公室中的那群家伙相比，世上再也没有什么会更加冒犯他现在的心情了。当他在写字台前坐下，环顾周围时，心里不禁暗暗叫苦。几十个求官觅职者包围着他的房子，他们在本届大选中充满爱国精神，立过汗马功劳，都在强烈地要求得到一个知恩图报的国家的承认。他们带着申请书来乞求他这位大参议员的提携和照顾。室内，几位众议员和参议员懒洋洋的，或倚或坐，或东或西，有的在看报，有的在用各色各样的烟草消闲解闷。他们大半天才没精打采地咕哝几句，仿佛把一个普天下空前伟大的国家置于疲惫之中，而自己则因此更加衰竭似的。他们认为，拉特克利夫必须为他们的权益而搏斗，否则他便绝无生存的理由。还有几个新闻记者，急于拿自己的消息换取拉特克利夫的暗示和建议，也不时地跑进来，一屁股坐在他桌旁的椅子上，神秘地同他低声攀谈。

就这样，一个小时接着一个小时，拉特克利夫机械地忙碌着那些需要他做的事情。他闭着眼睛签署文件，塞着耳朵回答问题；他一头埋在办公桌上，似乎完全沉浸于工作之中，其实却是为了抵御别人的好奇和饶舌。佯装埋头工作犹如一道把自己和外界隔开的帷幕，他的思想活动在幕后进行着，既不受环境的干扰，又能听到周围的全部谈话，而自己却几乎不必开口。他的追随者们尊重他的这种不介入态度，让他置身于他们之外。他是他们的先知，应该享有离群独处的权利。他是他们的头领，所以在他索然独坐，仅仅偶尔冷淡地答应一声的时候，那些七零八落的喽啰们便各逞姿态，歪歪斜斜地围在他的旁边，间或这个说上几句，那个咒骂一阵，而当他们完全陷入沉默时，就靠报纸和烟草消磨时间。

正像激战前夜的部队中屡见不鲜的一样，拉特克利夫部落的人马表情有些沮丧，声调有些抑郁。他们的谈话比平时稀少，同时也更加无的放矢，不得要领。由于同情头领的显而易见的低落情绪，由于近在眼前的不祥之兆，他们的言谈举止都不那么具有恢复轻松愉快的弹性。新总统将在四十八小时内抵达，时至如今，毫无迹象表明他会理所当然地感激他们的努力；相反，明明白白、不容忽视的征候却是：他令人痛心地受骗上当，产生了误会，他根本不理会他们的和解态度，因而他们的一切牺牲全都付诸东流了。他们有理由相信，他这次来是决心要和拉特克利夫较量一番，企图制服拉特克利夫；他是决心不支持他们，而支持任何能够最严重地伤害他们的势力的。一想起正正当当地争来的外交使团、公使馆、政府各部、海关、财税局、邮政局、印第安人事务所以及陆海军契约等等成果，竟可能被仅仅偶然闯进来的贪婪自私者——那些人人唾弃，无不笑骂的家伙——从自己的手上夺走，他们就忍无可忍，按捺不住了。他们绝不允许发生这样的事情。如果这样的事情居然成为可能，民主政府就是不可救药的了。每每想到这里，他们总是情绪亢奋，失去自制，怨愤诅咒，然后就求救于对拉特克利夫的信赖。如果有谁能够为他们消灾弭祸，那就是拉特克利夫。归根结蒂，新总统必须首先对付这个极其棘手的人物。

然而，倘若他们能够看穿拉特克利夫的心思，知道他当时在想些什么，恐怕连他们对他的信赖也会产生动摇。拉特克利夫知道自己远比他们优越，他生活在自己的天地中，具有高雅的本能。每当事情不顺利时，他的本能就会复苏，把一切天性扫除净尽。现在，他对各种形式的政治都充满了憎恶和愤世嫉俗的轻蔑。多少年来，他竭力为党效忠，那么呕心沥血，死心塌地，那么具有任何佣工都无法想象的吃苦耐劳、坚忍不拔的精神。可是这一切都换来什么呢？被拒绝作为党的候选人；被置于一个印第安纳州农夫的钉耙之下——这位微不足道的农夫毫不掩饰自己的意图,按其风雅的讲法,是要把他“关进畜栏”“剥皮取膏”。拉特克利夫并不十分惧怕被人剥皮，他悲愤的是竟然需要保卫自己皮肉；二十年的忠诚竟然落得如此下场。犹如绝大多数处境相同的人们,他不曾仔细地与党清算一下总账，不曾扪心自问一个悲愤所基的根本问题：到底多大程度上为党服务，多大程度上为自己服务？他没有自我剖析的心境，那需要他当时不能企及的平心静气。关于新总统，自从他给格兰姆斯写了那封措辞傲慢的信件，而格兰姆斯谨慎地不肯出示之后，拉特克利夫参议员就一直没有听到半点儿风声，这时倒也无非怀着一股强烈的欲望，想要教训他一顿，让他明白点儿事理，懂得点儿礼貌罢了。可是政治，最近六个月来的一系列事件，简直存心叫人怀疑它的价值，拉特克利夫算完全倒了胃口了。眼前这批嚼烟叶看报纸的仆从跟班，头上的帽子戴得歪七扭八，没有一个戴正的，一双双脚什么地方都搁，就是不放在地板上，一看就叫他恼火。他们的谈话令他腻烦,他们的谒见讨厌之极。他再也不堪忍受这种苦役了，宁愿拿参议员的职位调换李太太那样文明的家庭，由李太太那样的女人主持家务，年年都有两万元的收入。他想到李太太将会多么迅速地把他的政治仆从统统赶出客厅，想到他们将会多么乖乖地被发配到后屋的办公室中，那里只有油布地毯和两张藤椅。整整一个晚上，只有这时，他才微微地笑了一次。他感到对于自己，李太太甚至比总统宝座都更为必要，他不能没有她。他需要凡人的情谊；年迈时需要基督的安慰；需要进入那种社会生活——它将使他现在的天地显得凄凄冷冷，可憎可恶——的途径；需要一点高尚的道德情操，相形之下，他现在的思想品质简直卑鄙恶劣。他感到无比寂寞，希望李太太曾经邀请他到她家去吃晚饭，可见李太太已经头痛上床了，他要一个星期之后才能见到她了。他的心飞到他们在芒特弗农度过的上午，想起萨姆·贝克太太，便抽出一张信笺，给乔治城[1]的威尔逊·基恩先生写了一封短笺，要求后者如果可能，请于明天中午一时左右到他寓所来一趟，有事商谈。威尔逊·基恩先生是财政部特务工作局的局长，掌握着各种秘密，参议员们经常要求他的帮助，他也总是不厌其烦，有求必应，尤其是对于那些可能出任财政部长的参议员。

书信发出后，拉特克利夫先生继续陷入沉思，结果显然愈发愤愤不平，最后，他含糊地咒骂一声，发誓说："再也受不了这份活罪了！"便蓦地站起来，告诉客人他觉得身体不太舒服，想要上床了，所以不得不抱歉地离开他们。话一说完，他就回卧室了；客人们也相继离去，根据各自的安排或者愿望，有的去喝威士忌，有的去休息。

---

① 乔治城：华盛顿哥伦比亚特区内的住宅区。

星期天上午，拉特克利夫先生照例前往教堂。他一向在卫理公会主教派教堂参加早礼拜，这并非全然出于宗教信仰，而是因为他的选民绝大多数都上教堂做礼拜；只要需要他们的选票，他就不愿触犯他们的规矩。礼拜时，他的眼睛始终紧紧地盯着牧师，虽然到头来可以实实在在地说一个字也没有听见，但尊敬的牧师却很高兴这位伊利诺斯州的参议员能够敛神谛听他的讲道；他认为，在这政务繁忙的时刻，会使参议员无暇他顾，而他居然能前来专心听道，这种态度尤其可嘉。有一点牧师倒是想对了。政治事务确实极大地吸引了拉特克利夫先生的注意力；他上教堂的重要原因之一，就是想得到一两个小时静心思考的时间。整个礼拜上，他自始至终都在专心模拟同新总统进行一系列的谈话。他接连不断地向自己提出总统可能提出的种种建议，设想可能给他设置的种种陷阱，琢磨他可能受到的种种待遇，以免遭受突然袭击，保证自己坦率单纯的性格绝不至于茫然失措。可是，有一个大有可能发生的情况却久久没有引起他的注意：由于总统对拉特克利夫的公开朋友抱着敌对态度，很难使他们中的任何人进入内阁，因此就必须提出不惹总统反感的新人。应该提谁呢？一个最有势力而又最无敌意的新人。拉特克利夫长时间地深思着，搜索着。礼拜结束时，这个问题仍然萦绕在脑际。回寓所的路上，他一边走一边思索，一直到自己家门口才得出结论：卡森可以，宾夕法尼亚的卡森，总统可能根本没有听说过他。

威尔逊·基恩先生正在等候拉特克利夫参议员。一个方脸大汉，性情和善，长着一双活泼的蓝眼睛，说话不多，但都经过深思熟虑。他们的谈话很简短。拉特克利夫先为星期天因事相扰表示歉意，然后陈述了本届议会很快就要结束的理由，恳请对方谅解。他说，他的一个委员会即将审议一个议案，必须马上准备一份报告，其中涉及一些据信只有华盛顿著名的前院外活动家、已故的塞缪尔·贝克了解端倪的事情。现在塞缪尔·贝克去世了，拉特克利夫先生希望知道他是否留下了什么文件，如果留下，又在谁的手中，以及是否有什么合伙人或者朋友参与他的事务。

基恩先生记下了拉特克利夫的要求，简单地说明他非常熟悉贝克，也有点儿认识贝克太太。他说，据信她对她丈夫的事务，同样了如指掌，而且她人在华盛顿，所以他认为可以在一两天内回复。接着，当他起身告辞时，拉特克利夫先生叮嘱他必须严守秘密，因为阻碍这次调查的势力相当强大。基恩先生答应照办，然后就走了。

所有这一切，至少在表面上，都是合情合理，堂堂正正的。倘使基恩先生爱管闲事，竟去寻找那个引起这次调查的议案，他就会花许多时间去查阅国会文件，而结果却发现自己莫名其妙，一无所获。其实，当时国会中根本没有这类议案，拉特克利夫先生完全是凭空捏造。贝克死后，拉特克利夫先生几乎直到昨天，在从芒特弗农回来的船上，发现他的遗孀及其与卡林顿的关系时，才想起他来。拉特克利夫先生早就感到卡林顿对他的态度有些蹊跷，觉得鉴于卡林顿和贝克太太的那种关系，最好对他们加以提防。他知道贝克太太是个蠢货，但可能听说过他和贝克之间有过的几桩交易，几桩无论如何不能让李太太知道的丑事。至于无中生有，杜撰故事，派基恩出马，那倒是无可厚非的。它不伤害任何人。拉特克利夫之所以挑选这种调查方式，乃是因为它最方便，最安全，最有效。如果什么都要等到掌握丝毫不差的事实真相，他就势必陷入一筹莫展的境地，从而断送前程。

处理了这件小事之后，伊利诺斯州参议员便在访问几个参议员同僚中晃过了当天下午。他首先拜访了宾夕法尼亚州的克雷布斯先生。目前，需要与这位拉特克利人先生所器重的、心灵高尚的政治家进行合作的理由很多，其中最有力的是宾夕法尼亚驻国会代表团纪律严明，特别宜于充当“压力”。在与新总统的角逐中，拉特克利夫胜利与否就取决于他能使出多大的“压力”。自己隐居幕后；往初出茅庐的大总统头上撒下一张错综复杂的影响之网；这两种策略，如果单独使用，那任何一种都必然孤掌难鸣，但如果双管齐下，配合默契，则一定叫对方无可逃遁。拉特克利夫的计谋就是启用年久失传的古罗马斗士的战术，先撒网兜住对手，而后用三叉戟发起攻击。为此，几个星期以来，他一直在苦心孤诣地惨淡经营，只有他才知道其中需要多少讨价还价和封官许愿。差不多就在这段时候，李太太听到戈尔先生信心十足地谈起拉特克利夫支持他出任驻西班牙公使，不禁有点儿惊异，她原以为戈尔是不讨拉特克利夫的喜欢的。她还发现施奈德库彭又回来了，神秘地谈论着与拉特克利夫的频频会见，谈论着协调纽约和宾夕法尼亚双方利益的意图；当他声言绝不容许牺牲保护贸易的原则时，脸上还显露出忧郁的戏剧性的表情。施奈德库彭的消失与其出现一样突然。从西比尔对他心情和脾气的天真埋怨中，李太太立即推断，拉特克利夫先生、克林顿先生和克雷布斯先生一定串通一气，在粗暴地逼迫可怜的施奈德库彭，至少在别人达到目的之前，力图排除他那可能搅乱事态的影响。这一切都仅仅是偶然映入李太太眼帘的细枝末节。她觉察到存在着一种讨价还价和玩弄阴谋的气氛，但只能想象它的深度和广度。当她提起这件事时，甚至连卡林顿也无可奈何地笑笑，摇摇头说："这些都是瞒天过海的勾当，亲爱的李太太，这种事情，他们是不会让你我知道的。"

这个星期天的下午，拉特克利夫先生就教堂中考虑的宾夕法尼亚州的卡森问题，玩弄了一点儿小小的花招。心计所至，大获全胜。克雷布斯接受了卡森，答应如果遇到紧急情况，接到通知后一定在十分钟内提出他的名字。

拉特克利夫是个非凡的政治家，手段高明，应付自如，令人叫绝。他的崇拜者说，政治界没有任何人，嘿，美国政治界有史以来没有任何人，曾经调和过那么多彼此对立的利害关系，使它们那么奇异地融为一体。有的人甚至认为"总统来不及操戈相向就会先被他捆住手脚"。拉特克利夫的高明在于规避原则问题的伎俩。他常说，现在的要害不是原则，而是权力。他们全都从属于那个崇高的政党，那个具有永垂不朽的业绩的政党，它的命运就取决于他们是否放弃原则。他们的原则必须是不讲原则。诚然，有人曾针锋相对地指出，拉特克利夫许下许多根本无法兑现的诺言，他那融为一体的利害关系中，几乎包含着非人力所能解决的矛盾；但拉特克利夫狡狯地辩驳说，他只希望这种融合维持一个星期，他认为自己的诺言是可以使它维持那么一个星期的。

星期一下午，新当选的总统就在这样的形势下抵达华盛顿，一出喜剧于是鸣锣开场。新总统几乎与亚伯拉罕·林肯和富兰克林·皮尔斯一样，都是政治数学中的未知数。在九个月之前的全国党代会上，由于拉特克利夫在几十张毫无意义的选票中以三票之差失去多数，对手们胜利完成了他现在正在效法的事情：他们摈弃原则。一个十足的印第安纳州农夫，只有在本州进行竞选演说和当过一任州长的政治经历，他们竟然把他推出来充当候选人。他们支持他，并不是相信他力能胜任，而是希望借此引诱印第安纳脱离拉特克利夫的营垒。他们干得很出色，不到十五分钟就击败了拉特克利夫的朋友们，致使总统的冠冕落到这位新的政治佛陀的头上。

新总统从在采石场当采石工开始自己的生涯，并且不无道理地引以为荣。在竞选运动中，这个经历无疑在公众的心目中，更确切地说，是在公众的眼睛中，占据重要的地位。人们时而称他“沃巴什河畔的[1]石匠”，时而称他“霍希尔[2]的采石工”，但他最喜欢的诨名却是“老花岗岩”，虽然这个可爱的绰号由于不幸的谐音而被对手们抓住，歪曲成“老奶奶”。他被画在成千上万码的棉布上，不是高高举着可怕的长柄大锤，猛击比做铺路石的政治家的脑壳，就是奋力击碎象征反对党的巉岩巨石。而他的反对者则大受启发，把他画成身穿州立监狱囚衣的罪犯，用无力的小槌叩破诸如拉特克利夫之类著名政界领袖的头颅，或者画成衣服褴褛的“老奶奶”，在垂头丧气地用那些政界领袖的脑袋修补不堪修复的道路，借以比喻他的政党状况不妙，前途坎坷。然而，这些有失庄重、违背良知的行为，普遍地遭到正人君子的谴责。有人满意地说，所有最高尚、最有教养的报纸编辑，甚至包括波士顿的在内，都站在石匠一边，一致认为这位石匠是高尚的代表，也许还是自从无与伦比的华盛顿以来为国家增添光彩的最高尚的人物。

大家，即大凡投票选举他的人们，都认为他诚实。这是一切新总统无不具备的共性。他对自己的朴实感到很骄傲，这可是天然贵族的特性。他以为不欠政客的账，以为自己无私的心灵丝丝缕缕都与人民的思想感情产生共鸣，他宣称自己的首要职责就是保护人民不受——用他的话说——那些秃鹰、鬣狗、披着羊皮的狼、人面鸟身的女妖以及政客的侵犯。人们普遍认为，这些恶毒的名称都是

[1] 流经印第安纳州的一条河流。

[2] 霍希尔：印第安纳州的绰号。

针对拉特克利夫及其同伙的。在政治上，他的基本宗旨就是反对拉特克利夫，不过并不是挟私怀恨，存心报复。他到华盛顿来，是决心要当国父，要牟取不朽的英名——以及连选连任的。

就在这么一位先生身上，拉特克利夫施加了各种各样的“压力”，有的作用于华盛顿之外，有的开始在华盛顿之内。这位先生一离开印第安纳州南部的简陋住宅，就被拉特克利夫的朋友们俘虏了，被包裹在种种热情洋溢的表示之中。他们绝不允许他想到竟会有居心不良的可能，煞有介事地诡称他与全党存在着极其真诚的亲密关系。抵达华盛顿后，他们更是有计划地阻止他与任何异己势力接触。要做到这一点并不闲难，因为他无论怎么显赫，毕竟喜欢别人当面吹捧他的非凡，只要让他陶醉于自己的伟大就行了。更有甚者，连几个陪同他的私人朋友也受到小心翼翼的操纵；抵达华盛顿还不到一天，他们的弱点就被对方利用了。

可是，拉特克利夫本身却绝不介入这些狡诈卑劣的阴谋诡计。他身份高贵，自尊心强。他把这些冗杂事务留给下属， 自己则从从容容，一直到估计总统已经消除旅途的劳顿，开始感受到华盛顿的气氛时，才于星期三上午比平时提前一小时离开公寓，在前往参议院的途中造访总统下榻的旅馆。他被领进一个大房间，新当选的总统大人正在里面举行觐见仪式。一看到拉特克利夫进来，那些觐见者有的侧身溜走，有的拣起帽子步出房间。总统年约六十，外貌严肃，鹰钩鼻，身材细瘦，腰板挺直，铁灰头发；说话时粗砺的声音比外貌更加令人难受。他局促不安地接见了拉特克利夫。自从告别印第安纳以来，他一直悒悒不乐。在印第安纳，照他的说法，除掉拉特克利夫就像擦掉跳蚤咬出的红斑，但一到华盛顿就不同了，当他说起处置拉特克利夫时，竟连自己印第安纳州的朋友都面色阴沉地频频摇头。他们劝他小心提防，要争取时机，在争端中因势利导，尽可能把责任推给拉特克利夫。所以，他活像一只受驯的棕熊，性情暴躁，态度粗野，同时又迷惑不解，还有点儿害怕。拉特克利夫同他坐了十分钟，得知他昨天夜里身体不适，并料定是过多地贪食新鲜龙虾——国事操劳之余的奢侈享受——的缘故，便说明其中的原委，安慰几句，随即匆匆告辞了。

现在，一切反对"霍希尔采石工"的政客伎俩，都无所不用其极了。各州代表团蜂拥而至，提出种种彼此对立的请求，其中，马萨诸塞州代表团的唯一要求就是任命戈尔先生为驻西班牙公使。有人设置障碍刁难他，困扰他；有人提供欺诈的建议；有人精心炮制半真半假的情报。乱糟糟的群舞，在他面前从清晨一直持续到午夜，看得他头昏脑胀，眼花缭乱。一位陪同他从印第安纳来的私人朋友，比其他心腹多长一个心眼儿，少持一分原则，让人用手段分化了出去，总统说的每一句话，都直接从他口中送进拉特克利夫的耳朵。

星期五早晨，拉特克利夫参议员正在孤零零地吃着鸡蛋和肉排时，托马斯·洛德先生——塞缪尔·贝克先生生前的竞争对手和身后的事业继承人——走进他的公寓。洛德先生是被推选出来全面负责总统一行的事务，同时协调一切与拉特克利夫利益相关的问题的。有的人可能以为他的工作具有间谍的性质，他却视之为社会责任。他来报告“老奶奶”终于露出破绽了。昨天晚上，总统照例抽着烟斗，和他的智囊团聚在一起时，又不知不觉地谈起拉特克利夫的话题。诅咒了一通之后，他发誓迟早要叫拉特克利夫得到应有的下场，并说准备让他进入内阁，使他比“陷入泥沼的猪猡”还要难受。从这句话以及接着的几句解释性的暗示推测，这位石匠似乎已经放弃立即宣判拉特克利夫政治死刑的意图，而打算邀请他参加一个专门为挫败和羞辱他而组建的内阁。看来，总统十分赞成一位谋士的意见：让拉特克利夫进入内阁不但比在参议院中安全，而且时机一到，可以轻易地把他一脚踢开。

拉特克利夫一边阴沉地微笑着，一边听洛德先生惟妙惟肖地描绘总统别具一格的语言和姿态。他不置一词，只等待着事件的发生。当天晚上，他收到总统私人秘书的短笺，措辞冷淡简慢，要求他如果可能，于明天，即星期六上午十时谒见总统。拉特克利夫简单地回答一声，表示遵从嘱咐，同时不免有点儿遗憾：恐怕总统不谙礼节，不理解这个口信意在讽喻他应该注意礼貌。次日，拉特克利夫践约前往，发现总统的脸色比上次更加严肃。这一次不能规避棘手的难题了。总统要根据自己的决定，明白地告诉拉特克利夫，今天左右形势的是他。总统开门见山，单刀直入。“我请你来，”他说，“要跟你商量一下我的内阁。这是我拟的组阁名单，你可以看到我在上面写着你出任财政部长呢。现在请你看看，谈谈看法吧。”

拉特克利夫接过名单，不屑一顾地随手放在桌上。

“对你任命的任何内阁，”他说，“只要不把我牵涉在内，我都不可能有什么反对意见。我希望留在现在的位置上，这样为你的政府服务，比在内阁中更加有效。”

“那你是拒绝的啰？”总统高声嚷着说。

“绝对没有这个意思。只是不想发表意见，或者说在确定我必须效力之前，不想了解拟议中的同僚名单而已。只要需要，不管与谁共事，我都绝无推辞。”

总统神色不安地瞪着拉特克利夫。下一步怎么办呢？他需要考虑的时间，但拉特克利夫就在面前，不能不了了之。他的态度不由自主地比较和气了。

“拉特克利夫先生，你如果拒绝，就会打乱全盘计划。我还以为这件事已经确定无疑了呢。你叫我怎么办呢？”

拉特克利夫不肯这么便宜地放过总统。在随后进行的长时间会谈中，为了迫使对手陷入被动地位，为了防止他在参议院中制造难以逆料的麻烦，总统竭力敦请他接受财政部长的职位。他们达成的唯一协议就是，拉特克利夫在两天内作出明确回答。旋即，拉特克利夫就带着这个协议扬长而去了。

经过走廊时，他见许多人正在等待总统的接见，其中包括整个宾夕法尼亚代表团，他们正像汤姆·洛德先生眨着眼睛说的那样，“准备动手”了。拉特克利夫把克雷布斯拉到一边，一面往外走一面商量了几句。十分钟后，代表团进去了，几个团员听到他们的发言人克雷布斯参议员不但情辞恳切，劲头十足，而且以他们的名义为乔赛亚·B.卡森要求内阁中的职位。这未免有点儿奇怪，他们原以为此行的目的，是推荐贾雷德·考德威尔担任费城邮政局长。不过，宾夕法尼亚是个伟大的礼义之邦，它的代表无限信赖自己的领袖，他们居然连眼睛也不眨一下。

现在，总统周围的民主之舞，以更疯狂的激情重新开始了。拉特克利夫发动了最后的攻击。那两天的拖延无非是进一步施加压力的掩护。他并不需要拖延，并不需要思考的时间。总统企图置他于进退维谷的境地：或则被迫进入充满敌意、诡计多端的内阁，或则承担拒绝入阁，寻衅肇事的罪责。但拉特克利夫却不但打算利用这个机会，请君入瓮，以总统之道还治总统之身，而且对自己的成功满怀信心。他决心接受财政部长的职位，准备孤注一掷，六个月内完全把政府控制在自己手中。他极端藐视这位“霍希尔石匠”，对自己却空前地绝对自信。

拉特克利夫参议员尽管忙得不亦乐乎，第二天晚上却仍然赶到李太太家中。他见马德琳独自一个守着西比尔，而西比尔则琢磨着自己的小花招，便向她诉说起一周来的亲身经历。他并没有津津乐道自己的丰功伟绩，相反，倒是避而不提那些剥夺总统意志力的精心策划。他极言自己的孤立无依，把自己描绘成一只应邀与狮子共餐的诚实的野兽，满目所见，尽是过去被邀的野兽的足迹，它们通向狮穴，有去无回。他幽默而详尽地介绍了他与印第安纳雄狮的两次会见，模仿总统的口吻描绘总统过食龙虾的细节，还向她复述了汤姆·洛德先生报告他的情况，连总统当时的诅咒和说话的姿势都毫不疏漏。他诉说了现在的处境，诉说了总统怎样给他设下了一个逃无可逃的圈套。今日之势，要么进入一个存心与他为敌的内阁，一有机会便被可耻地一脚踢出；要么拒绝那种友好的表示，落下制造争端的口实，使总统得以把将来的一切困难都归咎于拉特克利夫“难填的欲壑”，二者必居其一。

“唉，李太太，”他继续说，声音愈加严肃沉重，“我需要你的指教。我该怎么办呢？”

这种扭曲政治的卑鄙行为，即使只暴露了这么一部分，这种玩弄四千万人民利益的赤裸裸的道德沦丧，即使只这么揭示了一个方面，也足以使马德琳感到恶心和沮丧了，何况除了自己的道德伤口，拉特克利夫对她毫无保留。对于周围的人们，他们身上的每处麻风溃烂，他们污秽不堪的衣服上的每块破布，他们路边的每摊恶臭的污水，他都仔仔细细地一一指给她看。这就是他所借以突出自己道德高尚的方法。他务必让她与自己手拉手地通过硫黄池。她愈觉得池水的不洁，他就愈赢得压倒的优势，他务必驱除卡林顿煞费苦心散布的、蒙在他品格上的疑云，务必唤醒她的同情，务必激起她女性的自我牺牲意识。

她听到他的发问，抬起头来，气愤而骄傲地注视着他，回答说：

“拉特克利夫先生，我重复一遍以前说过的话，怎样最有利于社会，你就该怎么办。”

“怎样才能最有利于社会呢？”

马德琳双唇微启，正准备回答他的问题，但随即犹豫起来，默默地瞪着面前的壁炉。真的，怎样才能最有利于社会呢？社会利益何曾进入过这幢私人阴谋的迷宫，这片只有走兽爬虫的迷津而无通衢大道的荒野呢？她到哪里去寻找指导行动的原则，到哪里去寻找理想和目标呢？

拉特克利夫又一次提出他的要求，他的态度变得更加严肃了。

“我处在艰难窘迫之中，李太太，敌人四伏，他们存心要毁掉我。我确实希望履行自己的义务。你曾经说过，个人的得失是微不足道的。你说得很对！是应该抛弃个人得失啊！现在，你说，我该怎么办呢？”

李太太第一次感受到他的力量了。他纯朴、坦率、诚挚。他的话打动了她。她哪里料到，拉特克利夫利用她的敏感，竟一如他利用总统的鲁钝；哪里料到，这个行动笨拙的西部政治家，感觉敏锐得竟像一个野蛮的印第安人，竟像日常辨别成千上万的面孔和声调似的窥探出她的性格。在他的注视之下，她局促不安，一句话说了半句就吞吞吐吐地止住了。她愣愣地坐着，思绪纷乱，不能自持，使得拉特克利夫不得不把她从他自己造成的惶惑中解脱出来。

“我从表情上看出你的意思了。你是说我应该承担义务而不计后果。”

“我不知道。”马德琳支支吾吾地说，“唔，我大概是这么想的。”

“那么，我万一沦为那个家伙的妒忌和阴谋的牺牲品，那时你会怎么想呢，李太太？你不会与其他人为伍，谴责我自不量力，为了一己私利，睁着眼睛落入圈套吧？你认为我即使不幸而落入圈套，也不至于如此遭人贬抑吧？我不像我们的朋友弗伦奇那样夸耀自己的道德观念，绝不假惺惺地空谈节操，不过，我确实认为，在政治生活中，我是正道直行的，你能公正地这样看待我吗？”

马德琳仍然竭力挣扎着，避免在对方的诱惑下作出模糊的同情他的承诺。无论怎么同情，她得竭力与他保持一定的距离。她不能保证自己支持他的政治主张。她艰难地转过脸来，对他说，无论现在还是其他什么时候，她的想法都是愚蠢的，荒谬的；她说，任何公职人员有权期望的唯一报偿，应该是行为端正的自我意识。

“可你是严酷的批评家，李太太。如果你的想法真如你所说的，那你的措词就用得不对了。你以抽象的原则去作判断，却挥舞着神圣的正义之剑；你站在一旁呵斥，却不肯履行自己的义务。我很可能面临着一生中决定命运的抉择，只希望得到你的指点，以求索作为行动向导的道德准则；你却袖手旁观，说德行本身就是报偿，甚至连德行体现在什么地方也不肯指明。”

“我承认自己的罪过。”马德琳毫不争辩，沮丧地说，“生活并不像我想象得那么简单。”

“我将遵从你的意见。”拉特克利夫说，“只要你叫我深入虎穴，我就绝不推辞。但我要求你负起自己的责任。你既然促使我挺身冒险，就不能不支持到底。”

“不，不！”马德琳急切地恳求说，“我没有责任，你提的要求我是无法满足的。”

拉特克利夫对她凝视了片刻。他那饱经忧患的脸上带着痛苦的表情，眼睛似乎在它们周围的阴影中陷得很深，而且声音激动，哀楚动人。

“责之所在，无论你我，都义不容辞。我有权得到一切心灵纯洁的人们的支持，你没有拒绝的权利。你怎么能够抛弃自己的义务而要求我去尽责呢？”

他几乎是一边说一边拔腿离开的，这使李太太只能嘟嘟囔囔地提出毫无作用的抗辩。他走后，李太太盯着壁炉，沉思着他的话语，又坐了很久。拉特克利夫刚才首次发出的弦外之音扰乱了她的思想。哪个在溟濛中求索的三十岁女人能够抵御这样的进攻呢？哪个具有感情的女人，能够面对当代最强有力的公职人员，用因忧虑而皱纹满额的脸，因无法完全抑制爱慕之情而颤抖的声音，恳求她的忠告和同情，而不有所触动呢？哪个女人，当自己过分自信的意见受到谴责，受到一个不但征求自己的意见，而且把自己的意见作为最后裁决的人的谴责时，能够拒不低头屈服呢？何况，对于人性的弱点，拉特克利夫具有奇特的直觉。当他接触对手心灵上的敏感点时，他的手指比磁针更其灵验。李太太绝不会对诉诸宗教感情、雄心奢望或者情爱悦慕的恳求产生共鸣，凡此种种，她都不堪入耳，因而必然失败；然而，她是个彻头彻尾的女人，虽然不能在引诱之下爱上拉特克利夫，却可能受骗上当而为他牺牲自己，以对凡人的忠诚补偿对上帝虔敬的欠缺。她具有女性的苦行主义和自我牺牲的天性，一生中费尽心血，希冀理解和克尽自己的责任。拉特克利夫知道她的这个弱点，就从这里打开缺口，发起进攻。像所有非凡的演说家和吹鼓手一样，他演技突出，更兼有某种令人肃然起敬的尊严气派，所以愈加能够打动听众。他诉诸她的同情心、她的正义感和责任感、她的勇气、她的诚挚、她的整个比较高尚的天性。当他提出这样的要求时，他对自己所扮演的角色颇有些沾沾自喜，相信有权获得她的忠诚，难怪她也颇有点儿倾向于承认这种权利了。现在，她比卡林顿和雅各比都更了解他了。无疑，一个像他那样说话的人，难道没有高尚的天性和崇高的目标？他的生涯难道不比她重要一千倍？如果他在孤独和忧虑中需要她的帮助时，她有理由拒绝吗？在一旦需要她去丰富某个比较充实的躯体时，她那漫无目的、毫无价值的生命有什么可宝贵的，就不能抛入阴沟，为之牺牲呢？

八

一切权贵的头衔，最为赫然惊人的，莫过于罗马教皇：“上帝的奴仆之奴仆”。从前，人们认为魔鬼的奴仆绝对不许在政府中掌权，他们必须被排除在权力之外，必须予以惩罚，流放，使之肢体残缺，乃至判处火刑；而现在，魔鬼是没有奴仆的，只有人民才有奴仆。邪恶之徒一旦取得多数，便成了上帝反对善良的代理人。这一信条可能有些错误，但却极大地关系到人类的希望和命运。它像一块早被人类的自身经验和宗教生活谴责为腐朽不堪的木板，人类依靠它在无边无际的汪洋大海中飘流，虽然信仰不坚的人们见了有时不免感到沮丧，然而，无论它有没有错误，迄今为止，在它的支持之下，人类的飘流毕竟比凭借任何教皇的任何迷人的教义都要平稳得多，所以，对于这一信条，时至今日，人类社会也还需要很长时间才能开始醒悟。

新总统及其主要对手赛拉斯·P. 拉特克利夫先生是不是“上帝奴仆之奴仆”呢？在这里，这个问题实质上并不重要。他们总是某些人的奴仆。毫无疑义，许多自称人民奴仆的家伙，其实不是披着羊皮的恶狼，就是装成雄狮的蠢驴。当议员们在国会大厦开会的时候，人们每天可以在国会大厦中看见几十个这样的家伙，他们汹汹嚷嚷，纷争不休，或者忙忙碌碌地无所事事。将来，比较聪明的一代一定会让他们去从事苦力劳动；可是在目前，他们都无非为他们自己服务。不过，至少有两位官员——总统及其财政部长，他们的操劳却是实实在在的。抵达华盛顿不到一星期，这位“霍希尔采石工”就十分思念印第安纳了。任何寄宿公寓的勤杂工都没有他那么许多烦恼：大家都阴谋反对他；政敌们使他不得安宁；整个华盛顿都在嘲笑他的谬误。一些星期天出版的下流报刊津津乐道于他的言行，以极其粗野的幽默语言把它们一一列举出来，而某些居心不良之徒，又偏偏把它们放置在他不能不看见的地方。这位新当选的大总统对讥嘲非常敏感，满心以为极其明智的言行，竟然会如此荒谬地被颠倒得面目全非，真叫他痛心疾首。他被公共事务压垮了。它们洪水般地向他冲来；现在，他在绝望中不再试图驾御它们了，让它们从头顶滚滚流过。无数非接待不可的来访者搅得他头昏脑胀，但最使他焦虑不安的还是那篇就职演说。它必须在一周内发表，但他心烦意乱，无法完稿。他担心内阁的人事安排，似乎不先落实拉特克利夫就一筹莫展。感谢总统的朋友们，现在拉特克利夫已经必不可少了。当然，他仍然是敌人，仍然是必须捆住手脚的劲敌。他有点儿像参孙[①]，在剪除之前，必须禁锢在铁链之下，同时又必须加以利用。这一点一经决定，总统就在心中依赖拉特克利夫了。最近几天来，他什么事情都往下个星期推，“等我安排好内阁的人事之后再说吧”，言下之意，就是取得拉特克利夫的支持之后再说；所以，只要想起拉特克利夫可能拒绝入阁，他就顿时感到惊恐不安。

星期一上午，拉特克利夫约定来访的一个小时之前，总统焦躁地在房间中来回踱步。他的情绪依然那样骤起骤落。倘若他认识到使用拉特克利夫的必要，那么，他也同样决心捆住拉特克利夫的手脚。务必迫使他进入一个使他四面楚歌的内阁，务必不能让他获得任何支持，务必引诱他一开始就陷入这种境地。怎样才能使他就范而又不致立即引起他的反感呢？其实，这些顾虑全无必要。可怜总统见不及此，还以为自己是个深谋远虑的政治家，正在操纵着美国的命运，使之向自己再次当选的方向发展。时钟终于敲了十下，拉特克利夫走进房间，总统紧张而急切地迎上去，还没有同对方握手，就表示希望拉特克利夫先生已经准备立即开始工作了。拉特克利夫参议员回答说，如果总统决意如此，他将不再提出反对意见。这时，总统挺挺身子，俨然一副美国加图[②]的神态，发表了一篇经过事先准备的谈话。他宣称自己本着对公众利益的严重关注选择内

① 参孙：《圣经》中力大无比的勇士。

② 加图：（公元前234—149）古罗马政治家。

阁成员；说明拉特克利夫先生对于内阁的组织具有必不可少的作用；希望与对方没有原则上的分歧，因为他认为只有一条基本原则，即不应无故更换人选；同时还表示，此时此刻，他相信，拉特克利夫的支持就是履行爱国义务。

对此，拉特克利夫不置异词，完全同意。总统愈加相信自己的杰出政治才能了，他整整一个星期都没有这么畅快地呼吸过。不出十分钟，他们就开始兴致勃勃地一起办公，迅速处理堆积如山的政务了。采石工的快慰之心，连他自己也感到惊奇。拉特克利夫几乎毫不费力地从他肩上卸下公务的重负。拉特克利夫对人对事都无不了如指掌，他立即把大部分来访者揽在自己手中，飞快地摆脱他们的纠缠。他能看透他们的心思，知道哪些意见强硬，哪些意见软弱，哪些来客需要恭恭敬敬地接待，哪些人又不妨粗暴地赶出大门，哪些要求必须断然拒绝，哪些问题则可以作出承诺。总统甚至把没有完稿的就职演说托付给他，而当他第二天奉还时，上面的提示和建议简直尽善尽美，通篇演说只需誊清一遍便可大功告成。所有这些，都使他变成一个十分令人愉快的伙伴。他说话中听，既能使工作轻松有趣，又不是一个严厉的监工。当他看出总统疲劳时，他就大胆地提出没有什么事务不能留待明天处理了，随即带领困乏不堪的石匠乘坐两小时马车，让他在车上安安静静地睡上一觉。而后他们同桌吃饭。这时，拉特克利夫又派人把汤姆·洛德请来凑趣，因为汤姆是位才子，诙谐多智，能让总统开怀畅笑。他点菜选酒，竟能粗野得适合总统的口味。拉特克利夫也不示弱。晚上十点，当新部长离开之后，他的首领对自己的晚餐、香槟和谈话全都兴高采烈，极其满意，以致在多余地愣头愣脑地咒骂几声之后，发誓说拉特克利夫“无论如何毕竟是个机灵的家伙”，他很庆幸“那件事情总算敲定了”。

事实上，在新内阁就职之前，拉特克利夫恰恰还有十天时间，他必须在这十天时间之内，在总统的心目中牢牢确立不可动摇的权威。他对一切重要的工作都很勤勉，官员们很快就感觉到他的权势。每当一件公文或者一份备忘录送到时，总统发现只需伸手举笔，批上一句“送财政部长酌处”；如果一位来访者为自己或者别人提出什么要求，得到的回答不是“找拉特克利夫先生谈谈就行了”，就是“我看拉特克利夫会负责处理的”。不久，他甚至开起加图式的玩笑。他的笑话并不特别妙趣横生，相反，倒颇有粗鄙不雅之嫌，不过很能说明一种百依百顺和自满自足的心理。一天早晨，他命令拉特克利夫率领一艘铁甲战舰，去进攻蒙大拿的苏福尔斯，因为拉特克利夫同时掌管着陆军、海军和印第安人事务，而且样样精通；又有一次，总统对一位需受军事法庭审讯的海军军官说，不如让拉特克利夫训斥一顿，因为拉特克利夫一个人就顶得上整整一个军事法庭。拉特克利夫可能还是同过去一样蔑视自己的首领，但这一点很难断定，他在别人面前绝口不提这个话题，而且，每当别人说起总统时，他的表情都很严肃。

不出三天，总统就比平时更加唐突地向他了解卡森的情况了，因为宾夕法尼亚代表团纠缠不休，要他让此人进入内阁。拉特克利夫很谨慎，只回答说他不太认识卡森，估计该人并非政界中的人物，而且，就宾夕法尼亚人而论，大概相当受人尊敬。关于卡森的问题，总统经过反复考虑，经过对内阁名单的疑惑不决和苦苦思量，经过恳求拉特克利夫的帮助，最后才好不容易凿开这块“石板”。三月五日，总统向参议院递交了内阁任命名单，宾夕法尼亚州的乔赛亚 · B. 卡森随即得到批准，出任内务部长。这时，拉特克利夫的眼睛发亮了。

不过，使他的眼中闪出更加幽默的光辉的，却是几天以后，总统交给他一份长达近四十人的名单，要他安排职位。他愉快地接受了，只说明也许需要因此撤换一些官员。

“唔，好吧。”总统说，“我想无论如何，总免不了要换掉一些人吧。这些都是我的朋友，不能不照顾一下，就好歹往什么地方塞塞吧。”

这件事连总统自己也感到有点儿尴尬。说句公道话，从此以后，再也没有听他说起自己政府的基本原则了。官员的更换进行得非常迅猛，直到整个印第安纳州都无不平心静气，十分满意。不可否认，拉特克利夫的朋友们确实千方百计地也分享了相当可观的一部分公款。也许，对于这种滥用财政部任免大权的现象，总统认为现在最好视而不见，不然就是他已经有点儿害怕自己的财政部长了。

拉特克利夫得逞了。公众通过某种巧妙的策略，已经让自己的奴仆套上挽具，可供役使了。连一个印第安纳州的石工都学会了个人成见必须服从公共事务的道理。至于这批家伙的自私、野心和无知可能造成什么危害，那是另一码事。照目前的情况看来，总统已经成了自己阴谋的牺牲品。将来拉特克利夫是否认为值得以某种东部人的不动声色的诡计，卡死他的首领，那固然难以逆料，但总统想以绞索或者斧钺对付拉特克利夫的日子，却确乎已一去不返了。

所有这一切，都发生在李太太为自己的义务和对拉特克利夫的责任，而暗暗折磨她那可怜的小脑袋的时候。在此期间，每逢星期天晚上，拉特克利夫几乎都在她的客厅中，坐在她的身边。他的这个权利已经得到广泛的承认，除了雅各比老头，谁都不敢争夺他的座位；只有雅各比才常常提醒他不要自以为是。有时，但不太经常，拉特克利夫先生也在别的时候进来，譬如来说服李太太参加总统的就职典礼和拜访总统夫人。马德琳和西比尔到国会大厦参加就职典礼时，坐在寒风三月所允许的最佳座位上。李太太批评这次典礼，说它很庸俗，简直俗不可耐：一个西部地区的乡巴老头，戴着银边眼镜，穿着一身亮光光的新礼服，长着一脸突出的骨骼和一头又细又硬的灰白头发，在刺骨的冷风中流着鼻涕对一大群人发表演说，这样的人算不上英雄好汉。至于西比尔，她当时则在失神地寻思总统会不会马上死于肺炎。不过，即使这番经历，倘若与访问总统夫人的遭遇相比，毕竟还称得上愉快。从那以后，马德琳便决定再也不去理睬这个新的王朝了。那位贵妇人虽然身体颇为肥硕，容貌相当粗俗，虽然李太太坚决认为，连给她当厨娘都不要，可是，一旦置身于照耀帝王宝座的强光之下，总统夫人看上去就显得尊贵和倨傲了。她对拉特克利夫的憎恶不但比丈夫强烈，而且表现得更加露骨，以致连总统也为此深感不安。因为她把仇人的范围扩大到每一个可被视作拉特克利夫的朋友的人。由于李太太被报纸新闻和私下传闻诬为与拉特克利夫结成同盟，企图取代她而统治白宫，所以，当莱特富特 · 李太太被通报进去，姐妹俩被领进总统客厅时，她就摆出一副冷若冰霜的傲慢态度。马德琳说希望她觉得华盛顿令人愉快，她却公然回答说华盛顿有许多东西，尤其是女人，使她感到邪恶透顶。她盯着西比尔抨击华盛顿的服装式样，表示一定要尽力废止，还说有人到巴黎去订购礼服，仿佛美国人不会做衣服似的！雅各布（所有的总统夫人提到丈夫时都直呼其名）答应她要通过一项法令取缔这种时尚。她还说，在她印第安纳州的城镇上，人们看见一个年轻女人在街上穿着这种衣服，就不屑同她打招呼。听了这番以那么不容误解的怒气冲冲的态度发表的高论，马德琳简直忍无可忍，她说："华盛顿很高兴看到总统在服装改革——或者别的任何改革方面——有所作为。"这后一个改革上有所作为，乃是讥讽总统进行反竞选的改革性演说。李太太说完后转身就走，西比尔跟在后面，竭力忍住大笑，憋得浑身发抖。倘使她在客厅大门合上时瞥见女主人的那副尊容和说话时大摇其头的猛劲，只怕无论如何都会憋不住的。女主人说：“看我不改造你，你这个——贱货！”

李太太绘声绘色地对拉特克利夫谈了这次访问，他听完介绍，几乎同西比尔一样捧腹大笑。他尽量安慰李太太，说连总统的莫逆之交都公开认为总统夫人的神经不太正常，而最怕她的恰恰是总统自己。但李太太执意认为总统及其夫人都是一丘之貉，这样的总统和总统夫人，从五大湖到俄亥俄，食品店中随处可见；她坚决声明，无论如何，她再也不接近那个粗鄙可恶的洗衣妇了。

拉特克利夫无意改变李太太的看法。其实，他比任何人都了解总统是怎么产生的，对于其产生过程以及由此而产生的政府，他自有见解。无论李太太现在怎么说，都不能影响他的观点。他只卸下自己的责任，让李太太发现它们忽然落到作为选民的她的肩上。当她气愤地指责新政府一上台就大规模地撤换官员时，拉特克利夫乘机谈了总统的那个基本原则的故事，问她他应该怎么办。

“他要捆住我的双手。”拉特克利夫说，“而他自己却可以自由行动，我接受了这个受制于人的地位。难道我能因此撒手不管吗？”马德琳不得不同意他不能撒手不管。她无从知道他为自己的私利撤换了多少官员，也无从知道他将计就计，使总统受骗上当到何等程度，在她的面前，他是一个受害者和爱国志士。他采取的每一步骤都得到了她的支持，他之所以在政府中任职，乃是为了尽可能防止罪恶，为了不向过去的污行劣迹低头示弱。他还坦率地让李太太相信，如果他不出任，一定会有更邪恶的人来顶替，正如只要时机一到，总统必然会千方百计地把他赶走一样。

现在，李太太可以执行她来华盛顿的计划了。她已经深深陷进政治的泥沼，占有种种便利，可以亲眼目睹这架庞大的政治机器是如何挣扎扑腾的了；甚至连她洁净无垢的衣服都被它溅上了污泥浊水。拉特克利夫进入财政部以来，渐渐开始以轻蔑的口吻议论法律的制定，公开抱怨这个政府究竟还有没有准绳。然而，尽管如此，他依然宣称现行政体乃是政治思想的最高反映。李太太惊愕地瞪着拉特克利夫，不知道他是否明白“思想”的含义。在她看来，这个政体所包含的思想，简直不如西比尔的一件衣服，因为西比尔的衣服，即使像这个政体一样极其昂贵，却至少切合实用，各部分珠联璧合，又美观，又灵巧。

这里的一切并不鼓舞人心，但毕竟胜似纽约，毕竟为她提供了观察的事物和思考的问题。现在，连邓贝格勋爵都向她宣传实用的博爱主义了。拉特克利夫也被迫离开政治机器的沟辙，以证明自己享有进入她的客厅的权利。在这里，弗伦奇先生一直高谈阔论，到三月四日才返回康涅狄格州，而且还领来过几个聪明睿智的众议员。马德琳觉得，在政治表面的泡沫浮渣之下，潜藏着一股诚实正直的水流，它冲刷着那些泡沫浮渣，保持着政治的主体部分的纯洁。

这就足以迷惑她了。她别无选择，不得不接受拉特克利夫的道德观念。他所采取的每一步骤，凡是她所了解的，她都赞同。她不能否认双重道德标准的不对，但错在哪里呢？在她眼中，拉特克利夫似乎正在以其所有的正当手段采取正当措施，他必须得到的应该是鼓励而不是非难。她有什么权利妄加批评呢？

但别人却并不那么满意地注视着她的近况，其中之一就是内森·戈尔先生。一天晚上，他怒气冲冲地走进客厅，在她身旁坐下，说是来向她辞行，并对她的盛情厚意表示感谢。他准备第二天早晨离开华盛顿。李太太也热情地深表遗憾，然后又说，希望他是为搭船前往马德里才离开华盛顿的。他摇摇头。

“船倒是要搭的。”他说，“不过不是去马德里。命运之神已经切断这条航线。总统不需要我的效劳了，但我并不责怪他，因为，如果我们的地位对调一下，我也一定不希望他来责怪我。他有一个印第安纳州的朋友，据说想当印第安纳波利斯[①]的邮政局长，可是不合政客们的心意，他们以出使西班牙的高价买通他放弃原来的要求。不过，即使没有他，我也不可能去马德里。总统讨厌我，他不喜欢我的大衣式样——不幸得很，是英国式样。他还不喜欢我的发型。而他的夫人之所以反对我，我看，敢情是因为我极其荣幸地被认为是你的朋友。”

马德琳只有承认戈尔先生的遭遇堪称不幸而已。

“不过，归根结底，”她说，“怎么能指望政客们喜欢你们书写历史的文人学士呢？人们可不指望其他犯罪

① 印第安纳波利斯：印第安纳州的首府。

阶级喜欢审判他们的法官。”

“对，不过他们很聪明，害怕文人学士。”戈尔咬牙切齿地回答，“现在的政客，没有一个有头脑和手段能为自己的所作所为辩护。这类政客的尸体污染了历史的海洋，他们死了，被人遗忘了，只有当历史学家把他们翻出来加以嘲弄时，才会被人记起。”

戈尔先生满腔怒火，说完这番激愤的言词以后，不得不停住话头，冷静一下，而后才接着说：

“你说得对极了，总统也对极了，我没有必要卷到政治中去，那不是我立足的地方。我向你保证，下一次你再听人说起的时候，我绝不是求官之辈。”

说到这里，他突然改变话题，希望李太太很快就能重新北上，并希望他们会在新港[①]见面。

“我说不好。”马德琳回答，“这里的春天很宜人，我想我们大概要待到天气转热吧。”戈尔先生脸色阴沉了。

“还因为你的政治！”他说，“你所见到的这一切，难道还没有看够吗？”

“时至今日，我已经失去了正确和错误的界线了，这可是观察政治的第一步吗？”

连这种言简意赅的笑话，戈尔先生都觉得逆耳了，他立即爆出了一大串训斥，很像将来的某本历史书中的章节：

“李太太，你难道不知道自己误入歧途了吗？如果想了解这个世界真正在从事的有意义的活动，你可以到撒马

---

① 新港：罗德岛东南部的港口城市，避暑胜地。

尔罕或者廷巴克图[①] 去住一个冬天，但不能在华盛顿；你可以去当银行职员，去当印刷工人，但不能当国会议员。在这里，你只能看到被浪费的精力和拙劣的阴谋。”

“你认为我了解这个事实有点儿遗憾？”戈尔先生的长篇大论结束时，马德琳问道。

“不。”戈尔迟疑地回答，“要是真的能够了解，何憾之有！但许多人根本达不到这一步，或者只有在为时过晚的时候才能达到。将来，如果能够听人说起你洞察这个事实，从而放弃了政治改革的观点，我一定高兴之至。西班牙人有一句带着畜栏气味的谚语，对你我这样的人都用得上：‘花时间洗驴头，白费时间和肥皂’。”

不等马德琳听懂这句老大不敬的俗语，戈尔就扬长而去了。那天夜晚，她一直到躺在床上才心头一亮，蓦然发现戈尔先生竟敢讥刺她在拉特克利夫身上糟蹋时间和肥皂，顿时火冒三丈，但转念之间，不禁哑然失笑，觉得他的比喻包含着某种真实。同时，内心深处也比较释然了；她隐隐约约地感到，正是她自己才使戈尔先生有点儿超过一位朋友的界限。倘若李太太无意中听到戈尔先生向卡林顿辞行的话，那就更有理由相信，是因为有些妒忌拉特克利夫的成功，他那仇恨的锋芒才变得更加犀利。

“你要提防拉特克利夫啊！”他向卡林顿告别时说，“这家伙很狡猾，他已经把李太太当做目标了，注意别让他把

① 撒马尔罕：现乌兹别克斯坦共和国境内之城市，在亚洲中部；廷巴克图，现非洲马里共和国一城市。两者都比喻远离华盛顿的地方。

李太太拐走！”

卡林顿突然受到这样的信任，都有点儿惊呆了，他只能问戈尔先生怎样才能挫败拉特克利夫。

“抓老鼠的猫是不戴手套的。”戈尔回答说，他总是满口西班牙谚语。卡林顿反复揣摩，绞尽脑汁，最后也只能揣度其意，以为是要让拉特克利夫的对手伸出利爪。可是，怎样让他们伸出利爪呢？

此后不久，李太太向拉特克利夫谈起戈尔的失望，惋惜之余，委婉地提及他的忿懑。拉特克利夫回答说他已经尽力帮助戈尔了，他把戈尔介绍给总统，可是，才见过一面总统就像平常那样直咧咧地骂开了，说宁可派他农场上的黑人雇工杰克到西班牙去，也不要这个衣服架子。

“你知道我的处境。”拉特克利夫又说，“我还能怎么样呢？”于是，李太太隐含未露的责怪之意也就无声无息了。

如果说戈尔对拉特克利夫的品行不抱什么好感，可怜的施奈德库彭则有过之而无不及。就职典礼之后不久，他又突然来到华盛顿，与财政部长作了一次密谈；谈话的内容只有他们自己知道。但是，无论商谈什么，施奈德库彭的性情都绝对没有温和半点儿，从他与西比尔的谈话判断，似乎是在赞成保护贸易的朋友所觊觎的职位上产生了疑窦；他毫不隐讳地指责拉特克利夫不守信用，批评拉特克利夫对任何人作出任何承诺，却任何诺言都不遵守；他说，如果采纳他的意见，就不至于发生这样的情况。当李太太告诉拉特克利夫，施奈德库彭似乎火气很旺，进而探询原因时，拉特克利夫只是笑笑，避而不答，却斥责施奈德库彭这批废物，除非把整个政府都攥在自己手中，否则就总是嘟嘟囔囔，满腹牢骚；他认为施奈德库彭并没有什么可抱怨的，谁也没有答应他什么。然而，施奈德库彭却向西比尔倾诉了他对拉特克利夫的憎恶，严肃地恳求她别让李太太落到拉特克利夫手中，对此，西比尔尖酸地回答，希望施奈德库彭先生不吝赐教，告诉她如何防范。

在争夺财政部的搏斗中，改良派弗伦奇是拉特克利夫的支持者之一，就职典礼之后，他继续在华盛顿逗留了几天，接着就在李太太的门边上留下几张“即此告别”的名片，不知去向了。据说，他也失望了，但他秘而不宣，如果真的企望驻比利时使节，那么他只能满足于期待了。俄勒冈州一位体面的公共马车老板赢得了这个职位。

至于雅各比，他一无所求，二不失望，却怀着最为强烈的仇恨。他一本正经地祝贺拉特克利夫的任职。这个小小的插曲发生在李太太的客厅中。老男爵活像伏尔泰似的乜斜着眼睛，极其谦恭地说在他的一生经历中，尽管见过许许多多的宫廷阴谋，但拉特克利夫谋取财政部这样出色的运筹，却是第一次领教。拉特克利夫勃然大怒，当即向男爵指出，外交官如果攻击所驻国政府，就要冒被驱逐的风险。

“Ce serait toujours un pis aller.”雅各比说，一边镇静地在李太太身旁的拉特克利夫最喜欢的椅子上坐下。

马德琳大吃一惊，不得不出面干预，连忙问这句话是否可以译出来。

“咳！”男爵说，“我对你们的语言可没办法。大概就是‘去留不足恤’的意思吧。”

“我看不妨译成‘知足不辱，知止不殆’。”马德琳争辩说。于是，一场风暴暂时过去了，拉特克利夫只得闷声不响。每当这两位先生在李太太的客厅中相遇时，李太太总是提心吊胆，生怕他们大动干戈。渐渐地，由于雅各比的讽嘲和拉特克利夫的粗暴，他们几乎互相不谈话了，只像两条好斗的狗似的怒视着对方。马德琳被迫千方百计地平息他们的争端，同时又不能不觉得他们的态度实在可笑；但由于他们之间的嫌恶只能激发他们对她的忠诚，她也满足于保持双方的均势。

拉特克利夫的殷勤所带来的令人难堪的后果何止于此！人们认为他分明是李太太的挚友，而且还可能是未来的丈夫，所以谁也不敢再在她的面前攻击他，然而，尽管如此，她从许多方面察觉，在财政部长的影子下，她周围的气氛越来越难捉摸了，有时她竟情不自禁地感到忐忑不安，仿佛空气中孕育着某种阴谋似的。三月中的一个下午，李太太正坐在壁炉旁边，手中拿着一本《英国评论》，竭力静下心来阅读最近的一组赞成极刑的文章，这时，仆人突然送进一张名片。李太太几乎来不及看清上面塞缪尔·贝克太太的名字，这位女士就紧跟着仆人进来了。如此夺门而入的有效方式，一时间简直使李太太惊慌失措。每当她受到这样的侵扰时，她的态度总是十分冷峭，可是现在，由于卡林顿的缘故，她却和颜悦色地请客人坐下。但贝克太太不等邀请就准备坐下了，这使女主人很快地平静下来。身材高大的贝克太太不戴面纱时，看上去是个四十上下的艳丽女人，连服丧期间都那么浓妆艳抹，红润的面色远比相仿年纪的女人娇嫩。她说话亲切，带着华盛顿人的爽朗盈盈的笑和圆润的南方口音，这些都是明摆着的使她在院外活动中取得成功的原因。她一面神态自若地打量四周，一面热情地称赞李太太的环境布置，那热情诚恳与北方人的悭于褒誉截然相向，这点不但没有惹恼马德琳，反而使马德琳满心喜欢。但当她的目光落在马德琳唯一的骄傲——葛鲁的风景画时，却显然迷惑不解了；她戴上眼镜，似乎是为了争取思考的时间。然而，纵使是葛鲁的杰作，也不能把她难倒。

“真美啊！日本的，是吗？水雾迷濛的海草依稀可见。你知道，我昨天到拍卖场去了，买了一只茶壶，上面有幅一模一样的图画。”

马德琳饶有兴趣地问起拍卖场的情况，当听完贝克太太要说的一切，即将陷入沉默时，突然想到卡林顿。李太太一提起卡林顿，贝克太太立即喜形于色，如果说她能使没有愁云的脸色更加喜悦的话。

“亲爱的卡林顿先生！真是一个和蔼可亲的人！我觉得他非常讨人喜欢。要不是他，我真不知该怎么办才好。自从可怜的贝克先生离开之后，我们一直都在一起。你知道，我可怜的丈夫留下遗嘱，吩咐烧毁他的全部文件。这件事，如果你不是卡林顿先生的极要好的朋友，我是不会告诉你的。不过我想，我丈夫之所以这样做，不但是为了自己，也同样是为了别人。我简直说不清我和卡林顿先生烧了多少文件；而且，我们还一份份地看过。”

马德琳问她烧文件是不是件很郁闷的事情。

“哎哟，哪会啊！你知道，我什么都了解得一清二楚。我们一边烧，我一边向卡林顿先生解释每份文件的来龙去脉。真的，有趣得很呢。”

这时，李太太壮着胆子，说听卡林顿先生的口气，贝克太太是位很有经验的活动家。

“活动家！”贝克先生的遗孀亲切地一笑，重复说，“嘿！正是呢，在这座城市里，当年可没有多少活动家的妻子像我这样忙忙碌碌。当年，我熟悉国会中的半数议员，其他的也全都认识。我知道他们是哪里人，最喜爱什么，迟早总能说服他们中的大多数。”

李太太问她了解这些情况到底有什么用处，贝克太太摇晃着白皙而红润的面孔，像公爵夫人似的眼波一闪，简直使坐在对面的马德琳浑身酥软。

“啊呦呦，亲爱的！你新来这里，情况不熟悉，你要见过内战时期以及此后几年中的华盛顿，你就不会这么问了。我们承揽的国会事务，比所有的代理人加在一起还多。那时，大家都来找我们设法通过他们的议案和拨款。我们成年累月地不辞劳苦。你知道，要控制那么三百多名议员，绝不是容易的事情。我丈夫给他们造册列表，详细记载每个人的重要经历和一切熟悉的情况；我却统统装在头脑里面。”

“你是说，你们能让他们按你们的意思投票？”马德琳问。

“啮！我们让自己经手的议案获得通过。”贝克太太回答。

“你们怎么让提案通过呢？他们接受贿赂吗？”

“有的接受贿赂，有的喜欢吃饭、打牌、看戏以及其他各种各样的花样；有的可以引导，有的则需要像猪猡似的驱赶，他们还以为自己在向相反的方向跑呢；有的有老婆可以做他们的工作，有的——没有。”贝克太太说，突然停住时的语调很奇怪。

“可是，”李太太说，“一定有许多人不为所动——我是说他们一定没有弱点可抓，叫你们没法对付。”

贝克太太高兴地笑着说：“他们都是半斤八两。”

“我真不懂你们是怎么策划的。”马德琳争辩说，“喏，你们怎么打动一位品行端正、卓有名望的参议员，取得他的赞成票呢——譬如说，像拉特克利夫先生这样的人？”

“拉特克利夫！”贝克太太说，声音略微提高了一点儿，继而不以为然地笑笑，“啊呦呦，可别指名道姓的，免得招惹是非。拉特克利夫参议员是我丈夫的好朋友，我想卡林顿先生大概向你谈起过这个情况，你知道，一般说来，我们的要求总是堂堂正正的。我们得弄清提案在谁的手中，得碰碰别人的肘子，让他们及时通报一声。有时，我们得让他们相信，我们的提案是正当的，他们应该投票赞成。

间或有些提案涉及巨额款项，而且票数接近，这时我们就必须弄清谁的投票权举足轻重。通常我们把他们叫到休息室，邀请他们吃饭，边吃边谈。我真希望把我见到的事情都告诉你，可是我不敢，那样做很危险。我告诉你的情况已经比告诉任何人的都多了。你是卡林顿先生的知交，所以，我总是把你当做老朋友呢。”

李太太听着贝克太太的絮絮谈话，心里越来越疑惑，越来越厌恶。这个女人浓艳、俗丽，颇可一看。这可是李太太有眼不识泰山，把公爵夫人看作平民百姓了。对于政权机构的实际工作情况，这女人的见识，比李太太自己所以为甚至所希望的还要深广。既然如此，那么，为什么要因为幼稚可笑的嫌隙而拒绝这位有趣的院外活动家呢?

正当贝克太太结束长时间的自称极其愉快的访问，又奔赴别的什么地方，马德琳严令今后再也不准放她进来时，卡林顿到了。马德琳便把贝克太太的名片拿给他看，并生动地介绍了她的来访。

“我该怎么对待这个女人呢？”马德琳问，“必须回访吗？”可是卡林顿不肯就这个有趣的问题发表意见。

“她说拉特克利夫先生是她丈夫的朋友，说你向我谈过这个情况。”

“是吗？”卡林顿含糊地答应一声。

“是的！还说哪个议员的弱点她都清楚，能让他们全都按她的意思投票。”

卡林顿没有惊讶的表示，而且显然希望换一个话题，李太太只得就此作罢，不再说什么了。

但是，她决定在拉特克利夫先生身上试试同一个实验，并选中了第一个出现的机会。她极其冷淡地说贝克太太来看望过她，向她透露了许多院外活动的秘密，使她对这种职业跃跃欲试。

“她说你是她丈夫的朋友。”马德琳温和地补充说。

拉特克利夫脸上毫无表情。

“如果相信这种人告诉你的话，”他冷冷地说，“那你就聪明绝顶了。”

九

无论是谁，只要爬到政治阶梯的尖端，各路政敌就必然齐心协力地非拉他下马不可，许多朋友也会因此挑挑剔剔，吹毛求疵。现在，拉特克利夫就受到许多这样的威胁；而其中更有一个危险，倘使被他发觉，那它所引起的紧张不安，则会比参议员和众议员们的阴谋诡计引起的更甚。卡林顿和西比尔缔结了攻守同盟！事情的来龙去脉是这样的。西比尔喜欢骑马，卡林顿在偶尔能够挤出的时间，往往陪她到乡下远足，充当她的向导和保护人，因为每一个弗吉尼亚人，不管多么贫困，都必然有一匹马，就像少不了一双鞋子和一件衬衫一样。有一次，卡林顿一时疏忽，无意中上当受骗，答应陪西比尔去阿林顿。由于某些原因，对他来说，到阿林顿去游览绝不是一件赏心乐事。所以他并不急于履行自己的诺言，但西比尔却听不进他的任何借口，于是，一个和煦的三月天的早晨，西比尔就站在敞开的窗前等候他了。在和煦的阳光下，屋前广场上的树木欣欣向荣；拴在门前的肯塔基马伸脖子晃脑袋，踩着路面，表现出对于拖延的不满。卡林顿迟迟未到，西比尔已经等得很久了，结果，由于他的拖沓，点缀窗户的樨群和天竺葵代人受过，窗帘上的缝饰也遭到任性的折磨。最后，他终于到了。他们一齐出发，沿着车马最少的街道，缓缓穿过乔治城的闹市区，踏上波浪壮阔的波托马克河上的大桥。就在这里，这条大河的堤岸粗犷地轻舒双臂，紧紧搂住华盛顿市。他们过了大桥，进入弗吉尼亚境内，便沿着月桂夹道的大路，纵马欢快地小跑开了。树木掩映的峡谷，不时映入眼帘；流水潺潺，孕育着夏天烂漫的山花；间或还能瞥见远远地抛在后面的城市和河流。他们路过高地上的一处小兵营，它仍旧赫然保留着要塞的称号。西比尔暗暗奇怪，一座要塞怎么没有防御工事呢？她抱怨说仅仅是那苗圃般的电线杆才有点儿火药味。这天天气很好，碧空万里，阳光灿烂；在这生气勃勃的上午，一切都在微笑，闪光。西比尔情绪高涨，却非常扫兴地发现她的同伴一路上郁郁不乐，茫然若失。“可怜的卡林顿先生！”她心里暗想，“真是个忠厚人，可这么一本正经的，简直叫人昏昏欲睡。我敢肯定，摆着这么一副面孔可是永远娶不到好姑娘的。”她那颗讲究实际的心开始胡思乱想起来，在所有的女友中寻找能够忍受卡林顿的忧郁表情的姑娘。她知道他爱慕姐姐，但早就觉得毫无希望而不加考虑了。对于生活，西比尔抱着一种单纯的态度；这种态度自有其可爱之处。她从不操心那些绝不可能或者不可思议的事情。她富于感情，对值得同情的不幸和悲伤相当敏感，也相当容易淡忘，而且希望别人跟她一样。马德琳总是分析自己的感情，怀疑它是否真实，习惯于把感情从心灵上剥离下来，就像从身上脱下衣服一样，然后看看它是不是自己的，仿佛感情也如同衣服，可以批量生产似的。这种方法比较容易排除内心的痛苦，仿佛心灵竟可以剪除自己的触手！西比尔却特别不喜欢这种自我分析法。首先，她不理解这种方法，其次，她的心灵长满触手，剪除它们就意味着死亡。她既不能怀疑某种感情的存在，也不能分析某种感情的原因；这两者都是姐姐的习惯。

西比尔怎么知道卡林顿在思考什么呢？卡林顿在揣摩那些西比尔自以为不感兴趣的东西。他在回顾内战，在感怀那些更早的、属于正在消逝或者已经消逝的时代的往事。西比尔怎么能够认识内战呢？当时的西比尔，几乎还在襁褓之中。现在，她碰巧对滑铁卢之役饶有兴趣，因为她正在阅读《名利场》。当读到爱米的丈夫乔治·奥斯本被一颗子弹穿过心脏，在滑铁卢战场上阵亡时，还理所应当地为可怜的小爱米哭泣。可是，她怎么知道，就在这里，在前面仅仅几竿远的地方，躺着许许多多的乔治·奥斯本和比乔治·奥斯本更可爱的丈夫呢？她怎么知道，在他们的坟墓之中，埋葬着许许多多的爱米——不是虚构的人物，而是像她自己一样有血有肉的女人——的爱情和希望呢？对于这些往事，卡林顿在沉思冥想，默默呻吟，而她却无此联想，无动于衷。一个骷髅对她有什么意义呢？那光辉的胜利与她又有什么关系呢？

然而，当走进园门，猝然面对山上山下、一行行几千块白色的墓碑排成的密集的战斗队形时，连西比尔也大吃一惊了；仿佛卡德摩斯颠倒他所领受的神谕，播种活人而长出龙牙似的[①]。她不寒而栗，一下拉紧马缰；猛然的感情冲动几乎使她失声恸哭。这里有一种她所陌生的事物，这就是战争，就是伤痛、疾病、死亡。这时，她的面容几乎与卡林顿一样严峻。她低声询问这些坟墓是怎么回事。及至卡林顿说明原由，她才第一次模糊地意识到，他的表情为什么不像她那么愉快。虽然时至现在，由于卡林顿很少谈及自己，她对他的印象仍然很不清晰，但至少抓住了一个事实：卡林顿曾经荷枪实弹，年复一年地反对这些为她的事业捐躯的、而今长眠在她脚下的烈士。她突然产生一个新奇的念头：也许，他亲手杀死了他们中的一个。这个想法使她奇异地猛然一震，她觉得，卡林顿仿佛离得更远了，仿佛在叛逆的孤立中变得威严了。她想问问他怎么会成为叛乱分子的，但又没有这个胆量。卡林顿是叛乱分子！卡林顿杀过她的朋友！这个想法太不着边际，太不可捉摸了，她转而猜想一个比较简单的、卡林顿穿着叛军制服的模样的问题。

他颇费周折地先找了一个人牵马，而后，他们按辔徐行，转到房屋的门口下马。从宽大的砖砌门廊中，他们越过雄伟的波托马克河，眺望凌乱、丑恶而凶残的华盛顿市。

---

① 希腊神话：卡德摩斯杀死毒龙，雅典娜自空而降，命令他播种毒龙的牙齿。他遵命而行，一队武士立即破土而出。

他们被周围的气氛和谐地融进梦境般的景色，衬托在柔和的紫色的远山之下。对面，国会大厦的白色穹顶和堡垒般的墙壁，带着赤裸裸的“朕言即法律”的印记，拔地而起，耸然而立。卡林顿站在西比尔身旁。两人眺望了一会儿后，卡林顿说他不想进去，便在台阶上坐下，让西比尔独自一人不慌不忙地穿门过户。里面的房间都那么空空荡荡，凄凄冷冷，所以，以其女性的情理观念，她当然要考虑如何才适合居住。她对屋宇的装璜和陈设有一种优雅的爱好，因而大胆地设想着墙壁和天花板的颜色、色调和半色调，以及这里放一张直背椅子，那里置一张长腿沙发，中间又搁一张兽足方桌，等等，直到猛然瞥见一张肮脏不堪的松木书桌，上面摆着一本翻开的簿子、一瓶墨水和几支钢笔。在翻着的那一页上，她看到最后一条签名：“伊莱 · M. 格罗夫妇，热电堆中心。”甚至连外面的墓群，也没有使她如此直接地感受到战争的恐怖。一场多大的灾难啊！一个体面的家庭被逐出如此漂亮的住宅，典雅的家具在一群群粗鲁的“夫妇”入侵之前被一扫而空。阿提拉的侵略军竟在维斯特[1]神庙和塞勒斯特[2]住宅中设置来访簿，让游客签名的吗？倘若如此，“上帝之鞭”之上，又将冠以什么可怕的称号啊！西比尔回到门廊上，在卡林顿旁边的台阶上坐下。

“真叫人伤心极了！”她说，“我看，当李家[4]住在这里

① 罗马神话中的女灶神，司家庭和国家。

② 公元前 68—34 年，罗马历史学家。

③ 罗伯特 · 爱德华 · 李 (1807—1870)：美国内战时的南军司令。

的时候，这幢屋子的陈设一定很典雅。你当时见过吗？”

西比尔没有很深沉的思想，但不乏恻隐之心；这时，正是卡林顿极其需要安慰的时候，他渴望别人的同情，渴望西比尔的友谊。

“李家是我们家的世交，”他说，“我童年时，甚至直到一八六一年春天，都经常在这屋子中住留。我最后一次坐在这儿时就与他们在一起。我们都被南北分治迷住了，成天谈论那件事情。我一直在竭力回忆当时谈论些什么。我们根本没料到竟会爆发内战，有人说迫不得已，那是胡说八道。哼，迫不得已！当时，内战的想法简直可笑，我当时也同样不以为然，尽管我是联邦主义者，不希望弗吉尼亚分离出去。不过，我虽然觉得弗吉尼亚必然遭受不幸，但绝没想到会被打败。可现在，我坐在这儿，成了获赦的叛乱分子，而可怜的李氏一家，则被扫地出门，家园变成了坟场。”

西比尔顿时对李家产生浓厚的兴趣，问了许多问题，卡林顿兴致勃勃地一一回答。他告诉西比尔他如何崇拜以及在战争中如何跟随着李将军。“你知道，我们以为他将成为我们的华盛顿，可能他自己也有点儿类似的想法。”接着，西比尔希望听听当时的战况，他便在碎石路上画了一幅草图，标出两军对垒时仅仅相距几英里的阵线，而后告诉她他如何扛着滑膛枪，天天在这一带到处奔波，以及在什么地方打过仗，等等。这一切，全都是西比尔闻所未闻的，全都是活生生的。她自己的战士们的坟墓就近在眼前，她身旁就是一个叛乱分子，他当时曾经冒着我们的炮火固守莫尔文山和南山，而现在则在向她介绍他的战友们面临死亡的表现和感想。她凝神屏息地倾听着，最后终于鼓起勇气，提心吊胆地问卡林顿有没有亲手杀过人。卡林顿说他自信没有，希望没有，不过，一个士兵在战斗中开枪射击时，不可能十分清楚子弹的去向。西比尔虽然有点儿失望，但毕竟松了口气。“我根本不希望伤害任何人。”他说，“尽管他们一直都想杀死我。”这时，西比尔问他们怎么想杀死他。像大多数在战火中被子弹打破衣服或者流了点儿血的士兵一样，他便向她描叙了几次类似的经历。他俩面对绚丽的景色，相偕而坐，他的故事紧紧地抓住她的注意力，使她不仅看不见周围的风景，甚至也看不见游客的马车。游客们驱车而来，流连赏玩之后，怀着羡慕的心情登车而去。他们羡慕卡林顿能够吸引如此可爱的姑娘。在想象中，西比尔时而和他一起沿弗吉尼亚山谷追赶北军的逃兵，时而在葛底斯堡[①]的几天血战之后，垂头丧气，疲惫不堪地退回波托马克河，时而又在沿途观看自里士满至阿波马托克斯[②]的最后大溃退。若非卡林顿最后坚持要走，他们一定会一直坐到夕阳西下。西比尔毫不掩饰自己的恋恋不舍，深深地叹了口气，慢慢地站起身来。

---

① 葛底斯堡：宾夕法尼亚州南部的历史名镇，南北战争时北军于一八六三年七月在此击败南军。

② 里士满：位于弗吉尼亚州东部，南北战争时为南方首府。阿波马托克斯：位于弗吉尼亚州中部，一八六五年四月九日，南军李将军在此向北军格兰特将军投降。

当他们骑马离开时，卡林顿的思想并不像理所应当的那样专注于他的同伴，他试探性地对她的姐姐没有同行表示惋惜，但发现西比尔不大理解他的暗示。

西比尔强烈地否定他的意见。“她没来才好呢。如果来了，你就会一直跟她谈话，而把我撇在一边的；你们就会讨论个没完没了，可我厌恶讨论；她就会探求什么第一原则，你就会挖空心思地找点儿什么来满足她。再说，哪个星期天她会和那位讨厌的拉特克利夫先生一起来的。我真不明白，她在那家伙身上找到什么有趣的东西。她的生活情趣都要被华盛顿败坏了。你知道，卡林顿先生，我不像马德琳那么聪明，那么严肃，我不读法律，讨厌政治，但比她更懂常识。她叫我很生气。现在，我明白寡妇为什么危险了，明白为什么印度人要在她们丈夫的葬礼上烧死她们了。我并不是希望马德琳被烧死，她是个亲爱的好姐姐，我爱她胜过世界上的一切，但她肯定会在不久的将来给自己惹下大祸的啊。她对自我牺牲精神和责任感抱着极其疯狂的念头。如果不是幸而想到要照顾我，她早就闯祸了；只要我能邪恶一点儿，那么，她的下半生就会高高兴兴地来改造我。可是现在，她却揪住了那个拉特克利夫先生，他企图让她相信自己能够把他改造过来；如果他能得逞，那我们全都完了。她会落入圈套，为这个粗鄙不堪、令人作呕的大恶棍伤心死的。他只爱她的金钱。”

西比尔这番小小的讲演相当有力地冲击了卡林顿的心灵。她难得这么振振有词，显然，在这个问题上，她已经畅所欲言了。卡林顿兴奋地给她另找话题。“我和你一样讨厌拉特克利夫先生——也许有过之而无不及，凡是了解他的人，无不如此。不过，我们如果插手，那只能雪上加霜。我们可该怎么办呢？”

“我对每个人都正是这样说的啊。”西比尔又说开了，“维多利亚·戴尔总说我应该做点儿什么，施奈德库彭先生也这样说，好像我有什么办法似的。到华盛顿后，马德琳仅仅给自己惹了一堆是非。华盛顿有一半人认为她很庸俗，有野心。克林顿太太，那个不怀好意的老太婆，昨天晚上还对我说：‘你姐姐完全被华盛顿宠坏了，她比什么人都权迷心窍。’我气死了，回敬说她完全看错人了——马德琳一点儿也没有学坏。可是，我不能说她不喜欢权力，因为她确实是喜欢的，但并不是以克林顿太太所指的那种方式。你能在前几天晚上看到她就好了。当时，拉特克利夫先生在谈论一桩公事，说无论什么事情，只要她说声对，他就照办。马德琳直截了当地表明白己的态度，她冷冷一笑，回答说他最好办他自己认为正确的事情。拉特克利夫先生似乎生气了一阵子，咕咕哝哝地埋怨女人不可理解什么的。他总是拿权力诱惑马德琳。马德琳如果权迷心窍，早就拿到拉特克利夫先生能够给她的一切权力了。可我看得出，拉特克利夫先生也看得出，马德琳总是跟他保持一定的距离。拉特克利夫很感兴趣，期待有朝一日能够找到某种有效的诱饵。我真希望我们没有来华盛顿。纽约比这儿好多了，人们也有趣得多，舞也跳得特别优美，还总是给你送鲜花，而且，他们从来不谈什么第一原则。在那里，莫德有她的医院、贫民院和感化院，安安稳稳地过活，什么顾虑都没有。可惜当我这样劝她的时候，她总是不以为然地笑笑，说我想到新港去就去好了，似乎我还是个小姑娘，而不是二十五岁的女人。可怜的莫德！如果她同拉特克利夫先生结婚，我就不能同她一起生活了；让她嫁给那个家伙，我一定会非常伤心的。你看他会打她吗？他酗酒吗？我如果爱一个男人，宁可挨几下打，也不愿被带到波奥尼亚去。卡林顿先生啊！你是我们的唯一希望，她会听你的，别让她嫁给那个可怕的政客啊。”

这篇哀婉动人的起诉书，其中有些部分既不讨好被告拉特克利夫，也同样不讨好卡林顿。卡林顿回答说，无论她什么时候要他做什么，他都将尽力而为。

“那我们就这样说定了，”她说，“我什么时候需要你，就一定请你帮助，你必须阻止他们结婚。”

“攻守同盟。”他笑着说，“同拉特克利夫血战到底。如果迫不得已，就剜下拉特克利夫的头皮。不过，我倒以为如果我们别去理他，他要不了多久就会剖腹自杀的。”

“要是他做出什么日本武士道式的事情来，马德琳只会更加喜欢他，”西比尔极其严肃地回答，“可惜这里没有太多东方世界的古董，或者古代的盆盆罐罐可供谈论，不然，谈谈艺术对她倒有好处。这儿真是一个奇怪的地方，这儿的人们简直是头朝下、脚朝天地倒立着的！谁也不为别人想想。维多利亚 · 戴尔说她原则上尽量不循规蹈矩，因为她希望为来世储备一些兴奋剂。我看她是言符其实的。昨天晚上你在克林顿太太家见到她了吗？她的行为比过去还要放荡。吃晚饭时她自始至终坐在楼梯上，活像只假正经的黄猫，爪子上抓着两束鲜花——我知道其中有一束是邓贝格勋爵送的——居然让弗伦奇先生用调羹喂冰激凌。据她说是叫邓贝格勋爵开开眼界，让他写进《谈美国的风土人情》，在《季刊》上发表，可我认为这种事情太出格了，你说呢，卡林顿先生？我希望马德琳能够照顾照顾她，真的，那马德琳就有得忙了。”

就这样，西比尔小姐在滔滔不绝的倾诉中回到华盛顿市，同卡林顿的盟约也订立了。奇怪得很，她再也不认为卡林顿头脑迟钝了。从此以后，无论在什么地方，只要卡林顿一露面，她的脸上马上绽开亲切愉快的笑容。当他第二次提出骑马远足时，她虽然明明记得曾经答应一位年轻外交官下午在家里等他，但还是立即同意，致使那位朋友吃了闭门羹，用好几种语言破口大骂。

拉特克利夫先生丝毫不知道这个向他开战、阻挠他达到目的的阴谋；纵使知道，也很可能一笑置之，依旧我行我素，而不会稍有迟疑。然而，可以肯定，他是确实认为卡林顿的敌视态度不容忽视的，自从发现其产生原因的蛛丝马迹以来，就一直怀着戒心。甚至在争夺财政部的角逐中，也挤出时间，聆听威尔逊·基恩先生汇报已故的塞缪尔·贝克的情况。基恩先生谒见他时，随身带着贝克的遗嘱抄件和贝克太太心直口快的谈话记录。“从贝克的遗嘱和贝克太太的谈话看来，”基恩先生说，“贝克来不及清理他的事务，因而特别关照遗嘱执行人谨慎从事，销毁全部可能损害个人名誉的文件。”

“遗嘱执行人的名字叫什么？”拉特克利夫打断他的报告。

“遗嘱执行人的名字叫——约翰·卡林顿。”基恩从容不迫地看了一眼遗嘱抄件，说。

拉特克利夫表情自若，但“果然不出所料”这句话却几乎情不自禁地脱口而出。他很高兴自己的直觉能够如此准确无误。

基恩继续报告，说根据贝克太太的谈话，可以肯定，绝大部分文件已经遵照立嘱人的吩咐烧毁了。

“那就不必进一步调查了。”拉特克利夫说，“我非常感谢你的帮助。”随即把谈话的内容转向财政部基恩先生主管的特务局的情况。

拉特克利夫再次过访李太太时，是在财政部长的任命批准之后。他问李太太是否认为卡林顿完全适宜担任公职，并得到了李太太的热烈肯定；这时他说，他想请卡林顿先生担任财政部法律官，因为，虽然目前的薪俸并不怎么高于私人开业的收入，但将来在华盛顿当法官的前景却相当光明，而在财政部方面，他也特别需要一个他所完全信任的法律官。李太太向来以为拉特克利夫嫌恶卡林顿，因而更为拉特克利夫的意见高兴。她并非不怀疑卡林顿会拒绝这个职位，但希望借以缓和他对拉特克利夫的敌对情绪，所以答应试探一下他的反应。允许自己以这样的方式施舍拉特克利夫先生的恩惠，固然未免招人物议，但考虑到这件事情涉及卡林顿的利益，是接受是推辞，应该由卡林顿决定，她也就不以为意了。或许，当任命决定下来时，人们不会那么宽宏大量吧。那可怎么办呢？李太太反躬自问，感到颇为不安。

然而，就卡林顿而论，她的疑惧实在大可不必，事实很快表明，卡林顿根本不可能接受这个职位。当她提出这个问题，把拉特克利夫的话复述一遍时，他脸色涨红，默默地坐了好久。他的思想向来不很敏捷，而现在，千头万绪一齐涌来，真使他心乱如麻。种种可能像电火花似的在他眼前闪现。他首先想到拉特克利夫要收买他，要封住他的嘴巴，把他拴在财政部长的马车后面，像狗似的拖着跑；继而以为拉特克利夫想让李太太处于受惠于人的地位，以便博得她的好感；随即又以为拉特克利夫企图装扮成一位为官清正、道德高尚而孤立无援的朋友，在她的心目中抬高自己。最后，他突然发觉，拉特克利夫的诡计在于迫使他显得嫉贤妒能，存心报复；在于使他陷入困境，使他无论提出什么拒绝的理由都难免显得心地狭窄，从而有助于离间他与李太太的关系。卡林顿一心想着自己的心事，而且想得很慢，以致李太太对他讲了好几句话他都没有听见。李太太简直吓了一跳，还以为他突然中风了呢。

当他终于听到李太太的话，考虑怎么回答时，那就更加困惑了，好不容易才结结巴巴地说他很抱歉，不能不推辞，因为他不能接受这个职务。

如果这个决定使马德琳松了口气，她可没有形之于色。看她的态度，倒好像最最热切地希望卡林顿担任财政部法律官似的。她一个劲地盘问卡林顿。是嫌职位不好吗？他不得不承认职位是好的。是力不胜任吗？完全不是，那是一个没有什么令他担忧的职位。是出于南方人对政府不满的偏见吗？唔，不！没有什么阻拦他的政治意识。既然如此，拒绝的原因又是什么呢？

卡林顿又沉默了。最后，李太太有点儿不耐烦了，问他会不会被私愤蒙住眼睛，以至于拒绝如此善意的聘请。卡林顿越来越感到如坐针毡，他局促不安地从椅子上站起来，在客厅中来回踱步。他觉得拉特克利夫已经完全在计谋上击败他了，他智穷计尽，不知怎样才能免于直接碰上拉特克利夫的杀手锏。像他这样贫困和需要提高职业地位的人，要拒绝这样的建议固然极其困难，而因拒绝而伤害自己、帮助拉特克利夫则更加不堪设想。可是，他不得不承认不愿接受直接受制于拉特克利夫的职位。马德琳没有再说什么，他以为她生气了，内心痛苦不堪。他不能肯定她与拉特克利夫的建议无关，不能肯定自己的拒绝不会挫伤她的感情。万一他的疑虑属实，她又会怎么看待他呢？此时此刻，他宁愿拿右臂换取李太太的一句发自内心的亲切话语。他热爱她，为了她，下地狱也心甘情愿，为了得到她的亲近，他可以作出任何牺牲。他正直地、默默地、无条件地把自己奉献在她的面前。几个月来，这种绝望的爱情一直痛苦地折磨着他的心灵。他知道自己的爱情是无望的，知道她绝不可能爱他，而且，平心而论，她从来没有给他任何理由，使他可以猜想她竟然能够爱他或者爱任何别人。现在，他默然站着，只能在她的眼中显得不知好歹,意见偏颇,心胸狭窄,图谋报复。他又在椅子上坐下了。他的心情那么沮丧，面容那么凄恻，以致马德琳很快就看出了事情的可笑方面，突然扑哧一笑。

“请别这么哭丧着脸的！”她说，“我并不想叫你不高兴。这到底有什么关系呢？你完全有权拒绝嘛，而且，就我来说，我也一点儿都不希望你接受啊。”

卡林顿一听，立刻高兴了。他说只要她认为应该拒绝，别的一切在所不计；他是仅仅因为担心损伤她的感情才那么心情沉重的。说话时，他的声音蕴含着一种更加深沉的情意。李太太的面孔又变严肃了，她叹了口气。

“唉，卡林顿先生，”她说，“这世道不会像我们所希望的那样的。你以为有朝一日，大家都会高高兴兴地做自己应该做的事情吗？我原以为由于这个建议，你或许能够摆脱一种忧虑。对不起，我说了不该说的话。”

卡林顿无言以对，他不敢相信自己的声音。当他起身告辞时，李太太把手伸给他，他突然把她的手拉到唇边。他走后，李太太噙着眼泪，独自坐了片刻。她觉得自己了解卡林顿的全部心思，她从女人的习惯出发，以男性对女性的炽烈感情解释男人的一切行为，断定卡林顿敌视拉特克利夫的唯一原因，必然非妒忌莫属，但她慷慨大度地欣然宽恕了卡林顿。“倘使在十年之前，我是能够爱上他的。”她暗暗想道。正当她含笑品味着这个念头的时候，心中倏地闪出另一个意念，她立即伸手捂住面颊，仿佛被人掴了一巴掌似的。卡林顿揭破了她的伤疤。

当拉特克利夫又来看望李太太——这一次理由充分，欣欣然紧接着上一次——时，李太太告诉他卡林顿辞而不受，随后简单地说明卡林顿似乎不愿接受任何政治性的职位。拉特克利夫没有丝毫不快的表示，只是温和地表示可惜不能为她的好朋友做点儿什么，从而取得要她感激的权利。至于卡林顿，拉特克利夫的建议本来就不打算要他接受。他的拒绝同接受一样不会使拉特克利夫感到为难。拉特克利夫的目的，在于按自己的意愿，圆满地解决卡林顿的敌对态度问题。拉特克利夫对他了如指掌，深信他在任何情况下都是完全率直的角色。倘若接受，他至少会忠实于自己的首长；倘若不出所料地拒绝，那就证明必须设法排除他的干扰。无论如何，拉特克利夫先生的建议，在他那自信将迅速地包围李太太的爱情和野心的罗网上，乃是一股新的绳索。不过，卡林顿只要愿意，就能比任何人都容易地斩破这张罗网，所以，先打发卡林顿而后采取行动，拉特克利夫的这个主意是明智的，是自有原因的。

他立刻在财政部之外，政府委派的权力范围之内，查询所有空缺的和适当的职位。但适合他需要的很少。他希望有个临时性的法律事务，能使主持人外出一段时间，譬如说去澳大利亚或者亚洲中部，薪俸必须丰厚，在委派的过程中必须不引起有他插手的猜疑。这样的职位是很难找到的。亚洲中部向来没有什么法律事务，澳大利亚现在没有专门派员的必要。没有人能够说服卡林顿，让他仅仅为了讨好拉特克利夫而带领一支探险队，到尼罗河发源地去寻求法律事务，国务院也不会支持政府希望为此拨款的要求。拉特克利夫最后只能挑选赴墨西哥谈判代表团法律顾问的差使。该代表团不久将在墨西哥城举行会议，大概需要离开半年。他可以玩弄一点儿手腕，让法律顾问在代表团之前先去那里，以便当场处理部分问题。拉特克利夫知道墨西哥的距离太近，但他十分自信地对自己说，一旦他紧紧地抓住了李太太，那时如果卡林顿还能及时赶回来把他赶走的话，那他就再也不参加秘密会议了。

拉特克利夫一向行动利索，计划一定，决心一下，他就立即实施。这件事并不困难。他在与李太太谈话后的四十八小时内走访了国务卿办公室。一届政府上台，开始几天，最重视的公事大多与官员的任命有关。本届政府的财政部长刻意讨好内阁同僚，始终乐于在任何不离谱的范围内照顾他们的朋友。国务卿也同样殷勤相待，一听说拉特克利夫先生要为某人谋取赴墨代表团法律顾问的职位，马上满口答应，而当听到被荐人的名字时，更是热烈欢迎他的建议，因为在国务院中，卡林顿不但很有名气，而且很得人心，确实是这个职务的最佳人选。拉特克利夫几乎毋需提出对等的交换条件，十分钟就谈妥了。

“我只需补充一点，”拉特克利夫说，“卡林顿先生如果知道我在这件事中所起的作用，一定会拒绝，他是旧式的弗吉尼亚庄园主，高傲得很，不肯接受任何恩施。我去找助理国务卿商量一下，要让卡林顿看起来是由他推荐的。”

就在第二天，卡林顿收到助理国务卿的一封私信。助理国务卿是他的老朋友，很高兴能够帮他点儿忙。他写信要卡林顿去一趟国务院，越快越好。卡林顿去了，助理国务卿告诉他，已经推荐他担任赴墨代表团法律顾问，国务卿也已经批准了。

“我们需要一个南方人，一个懂点儿国际法的律师，一个说走就能走的顾问，最重要的是，要一个诚实的人。你是从头到脚都完全合格的，可以，打点行装，尽快出发吧。”

卡林顿吃了一惊。以这样的方式提出的这样的建议，不但无法谢绝，而且非常诱人。简直连一条犹豫不决的理由也很难找到。他首先想到必须答应，而答应又正是他所最不情愿的。当然，他怀疑拉特克利夫在幕后策划这个流放阴谋。他当即提出是不是有人施加影响，促成他的任命，但助理国务卿一口咬定是他一个人推荐的。卡林顿不便再问。他觉得，如果不接受这样的盛情帮助，那就是他的忘恩负义了。

可是，他不能决定当场接受。他要求宽延二十四小时，以便——照他的话说——考虑能不能把离开六个月的事情安排妥当，虽然明明知道自己完全可以离开半年。出了国务院，他独自坐在自己的办公室里，愁眉苦脸地不知如何是好。其实，自己的情况，他一开始就看得清清楚楚，丝毫没有什么不明白的地方需要推究。六个月前，他一定欣然接受这个建议。六个月之中究竟发生了什么，竟使它有如洪水猛兽呢？

李太太！李太太就是全部原因。现在离开就意味着抛弃李太太，而且很可能是扔给拉特克利夫。卡林顿咬牙切齿，思想着拉特克利夫多么诡计多端，越想越相信拉特克利夫就是这个调虎离山计的炮制者；不过，经过一番前瞻后顾，他发觉拉特克利夫毕竟也会失算的。这个伊利诺斯州的政客很聪明，很了解男人，但男人的学问和女人的学问天差地别。卡林顿自己对女人的学问没有深究，却自信比拉特克利夫高明。拉特克利夫的主要依据显然是他常用的政治腐化的理论，他把它运用于女性的弱点，结果，对李太太竟给自己定下那么高的身价，只能惊诧不已。这个迫使他离开李太太的计谋，如果拉特克利夫真是幕后策划者，那么，其中的原因，只能是拉特克利夫认为六个月，甚至六个星期，就足以达到目的了。想到这里，卡林顿蓦地站起来，点上一支雪茄，在办公室中来回不停地踱了一个小时，活像一位将军在制订一次战役的计划，又像一位律师在预计对手的辩论要点。有一点他已经决定了：我要接受那个建议，倘若拉特克利夫果真参与其事，他就可以心满意足了；倘若是他拉特克利夫设下这个陷阱，那落下去的恰恰应该是他自己。暮色降临时，卡林顿戴上帽子，便走出办公室，去看望李太太了。

他见只有她们姐妹两人在静悄悄地各做各的事情。马德琳在煞有介事地缝补透孔丝袜，一件需要全神贯注的活计。西比尔同平时一样，在弹钢琴，一见他进去就站起身来。这可是相识以后的第一次。她拿起针线筐，坐过来，一起谈话。她不高兴扮演女孩子了，决心从此以后扮演成年女人。卡林顿先生应该懂得，她并不愚蠢。

卡林顿开门见山，立刻报告了国务院提出的建议。马德琳表示很高兴，问了许多问题：薪俸多少啦，什么时候动身啦，离开多久啦，那里的气候是否适宜啦，等等。最后她笑吟吟地说："你在拒绝拉特克利夫先生的建议之后接受这个建议，我该怎么对他说呢？"西比尔只嗔怪地叫了一声："嘿，卡林顿先生！"然后就惊愕地一声不吭了。她进入社会的第一个经验就不是令人鼓舞的。她感到自己被出卖了。

卡林顿的心情也不轻松。一个人无论多么克己，除非白痴，都不会完全不抱幻想。心灵深处，他曾经怀着一个逡巡不去的希冀，那就是当他报告决定去墨西哥的消息时，马德琳会抬起头来，神色凄楚地以前所未有的关切瞥他一眼，眼眶中闪着泪光，声音微微颤抖。一个自己可爱的女人，欣然看着自己被放逐到墨西哥去，这可不是他所喜欢的滋味。他不能不感到希望的破灭，因而心情沮丧，痛苦地注视着李太太，谈话于是变得滞涩了。马德琳也意识到自己的失言，并尽量加以补救。她说，家庭教师走了，她可怎么办呢？他一定要给她开张书单，他不在的时候，她可以照单阅读；她们准备五月中旬北上；到十二月返回时，卡林顿也回来了。要知道，今年夏天，无论他在弗吉尼亚还是在墨西哥，她们都同样很少能见到他。

卡林顿阴郁地说，他很不愿意离开，真希望根本不存在什么去墨西哥的建议；如果计划告吹，不管什么原因，他都十分高兴。他没有解释这种感想的理由，马德琳也很聪明地不予追究。她止步于提出相反的意见，止步于尽量使语调活泼愉快。其实，看着他那失望而平静的面孔越来越显出悲哀的神情，她内心为他痛苦不已。可是，她能说什么，做什么呢？卡林顿依依不舍，一直坐到十点钟之后。他觉得生活中的快乐结束了，他害怕思想上的孤独。李太太也似乎智竭词穷了。他们的谈话时断时续，间隔很长。最后，卡林顿以非凡的努力，为自己实在过于打扰她表示歉意，他说，倘使知道他多么害怕孤单，她是能够原谅他的，然后就站了起来。告别时，他问西比尔明天想不想骑马出游；如果喜欢，他愿意奉陪。这时，西比尔眉舒目展，愉快地接受了他的邀请。

一两天后，李太太果真向拉特克利夫先生提了卡林顿任职的事。她后来告诉卡林顿，财政部长确实显得很懊恼，但仅仅在立即更换话题中才反映出来。

十

第二天上午，卡林顿到国务院去报告了接受法律顾问职务的决定。他被告知说，指令将在两周内下达，他一接到指令就必须马上出发；而且，在此之前也必须专心一意地在国务院研究大量文件，绝不可掉以轻心。卡林顿不得不全力以赴，潜心工作了。

不过，这并不妨碍他与西比尔的约会。下午四时，他们一起出发，进入幽深寂静的罗克溪谷，在树林中选择偏僻的小路，并辔而行，以便避开好奇的吹毛求疵的眼睛，自由地交换意见。这是一个闷热而阴沉的春日下午，万物萌动，生机勃发，却又没有现出明显的迹象，也许，只有几点花苞叶芽，才在枯叶的庇护下探出娇嫩的头角。两位骑手都产生了某种相同的感觉，仿佛这光秃秃的林木和月桂树丛，这温暖潮湿的空气和低垂的云幕，都是一种保护，一种温柔的遮蔽。卡林顿心里有些奇怪，他发现，与西比尔结伴同行，居然非常愉快。他像喜爱妹妹似的喜爱她——一个最最宠爱的妹妹。

西比尔迫不及待地指责卡林顿背叛她，毁弃刚刚订立的盟约，卡林顿渴望得到对方的同情，回答说，她只要了解他有多么苦闷，就一定会原谅他的。接着，当西比尔问他是不是真的要走，真的要让她连可以商量的朋友都没有时，他就控制不住自己的感情了：他不能抵御向她倾诉一切烦恼的诱惑，因为除她而外，他再也不能向任何人剖白了。他坦白地告诉西比尔他爱她的姐姐。

"你说爱情是胡闹，罗斯小姐，可我相信事实绝非如此。爱情是一种周复一周、日复一日地持续不断的肉体上的痛楚，一种日夜不休的心灵上的伤痛，一种神经上的长期折磨，有如牙痛和风湿症，什么时候都不至于不堪忍受，但长年累月的消耗却叫你精疲力竭。同其他精神病一样，它是一种必须苦苦忍受的病痛，而且只能用对抗刺激剂[①] 治疗。不过，我去墨西哥虽然有助于医治爱情的伤痛，但医治爱情的伤痛却不是我去墨西哥的原因。"

卡林顿随即向她倾诉了自己的生活境遇；倾诉了内战给他个人及其家庭所造成的不幸；倾诉了他的两个兄弟，一个如何在荒野上，在可怕的残杀中，腰部中了枪伤，在他的怀抱中流血至死，另一个虽然熬过战争，却在贫病和伤痛的摧残下死于床上；倾诉了他的母亲和两个妹妹如何在满目疮痍的弗吉尼亚庄园上挣扎度日，以及他的全部努力仅仅使她们免于求乞而已。

"你不了解我们南方妇女内战后的贫苦。"他说，"许

---

① 对抗刺激剂：一种敷在皮肤上，引起痛楚以减轻他处剧痛的药物。

多人真的衣不蔽体，食不果腹。”由于墨西哥之行，他的薪俸将倍于当年的收入。他能拒绝吗？他有权拒绝吗？可怜的卡林顿叹息一声，补充说，如果只是他的问题，他宁可饮弹而死，也不愿离开华盛顿。

西比尔热泪盈眶地听着。她从来不曾听过别人诉苦。她所见到的生活中的苦难，都是或多或少地被遮掩着的，都是由于落在比较老于世故和甘愿默默忍受的肩上，因而变得不那么色彩强烈了的。现在，她第一次清楚地认识卡林顿了，那躲藏在平静外表之下的卡林顿。女性的灵感倏忽一现，她立即意识到，他那奇异的沉郁隐忍的表情，完全是怀抱着濒死的兄弟时造成的，她似乎还看到他兄弟的鲜血，在浓密的树林中，在没有救护的情况下，一滴滴地、一个小时一个小时地流失，直到语不成声，四肢僵冷。卡林顿讲完自己的经历时，西比尔简直不敢开口。她既不知道如何表达自己的同情，又不忍心显得无动于衷。两难之间，她情不自禁地哭了，而后只有悄悄地抹泪。

一旦诉出郁结心头的隐秘，卡林顿倒觉得比较舒畅，决心爽爽快快地接受现实了。他自我解嘲地笑笑，止住可爱的同伴的眼泪，要求她郑重地保证绝不泄露他的秘密。“当然，你姐姐是全都了解的。”他说，“但绝对不能让她知道我告诉过你。除了你，我对谁都不愿意谈起这些事情。”

西比尔答应忠实地严守秘密，接着便开始为姐姐辩护。

“你千万不要责怪马德琳。”她说，“如果你像我一样了解她所经历的不幸，你就不会认为她冷酷无情了。你知道她丈夫死得多么突然，仅仅病了一天，何况又是那么体贴的丈夫。她很爱他，当时似乎被他的暴卒吓呆了，居然那么平静，那么一如常态，我们简直不知道应该怎么理解。接着，才过了一星期，她的小孩子又患白喉死了，死得很惨。因为不能减轻孩子的痛苦，她简直绝望得发狂。此后，她就几乎神经错乱了。真的，我一直认为她确实精神失常了一段时间。我知道她极端狂躁不安，企图伤害自己，我从来没听到过有谁像她那样疯狂地叫嚷着信仰、命运和上帝。过了几个星期，她又变得不声不响，没头没脑，像架机器似的走来走去了。最后她总算恢复了理智，可再也不是原来的她了。你知道，她结婚前是个没羁没绊的纽约姑娘，同我一样，根本不管什么政治，什么博爱。这类荒唐的事情，都是最近才发生的。她可能貌似冷酷无情，其实并非如此，那完全是表面现象。一直以来，我都知道她什么时候在思念丈夫和孩子，因为每逢这种时刻，她总是表情僵死，接着就像她孩子死后的那段时间一样，仿佛毫不在乎自己的命运，宁愿一死了之似的。我看她是绝不会允许自己再爱什么人了，她惧怕爱情。比这大得多的可能是迷恋于抱负、义务和自我牺牲精神。”

他们骑着马，默默地走了一会儿。卡林顿在揣摩着为什么像他和马德琳这么无辜的两个人，竟被仁慈的上帝贬谪为如此残酷折磨的对象；西比尔同样专心地在设想着卡林顿将成为怎样的姐夫。总的说来，她觉得自己更喜欢他现在的身份。他们的沉默，一直到卡林顿把谈话拉回到开始的话题时才被打破。“为了不让你姐姐落进拉特克利夫手中，我们必须做点儿什么。我一直在为这个问题绞尽脑汁，你一定有什么主意吧？”

没有！西比尔束手无策，只有忧心如焚。她们家的客厅，拉特克利夫先生想进就进，他似乎把政治界发生的什么事情都告诉马德琳，征求她的意见，而马德琳又不加阻止。“我看她是真的喜欢这样呢！以为这样就能做点儿有益的事情。我不敢向她提出这个问题，她以为我还是小姑娘，拿我当十五岁的女孩子看待，我有什么办法呢？”

卡林顿说曾想亲自同李太太谈谈，但不知道应该谈些什么，万一把她惹恼了，就可能直接把她推进拉特克利夫的怀抱了。可是，西比尔却认为，只要方法对头，她是不会恼火的。“她对你的话比谁说的都忍得下去。坦坦白白地告诉她，你——你爱她，”西比尔鼓起极大的勇气说，“她总不会因此生气吧。然后，你就差不多什么话都可以说了。”

卡林顿惊讶地望着西比尔，他从来没料到自己会这么钦佩她，并且开始觉得不如听从她西比尔的嘱咐了。西比尔毕竟不缺乏常识，而且，值得注意的是，当她腰肢挺直地骑在马上，热乎乎的皮肤因为出言不逊而倏地羞红时，比以前更加俊俏了。“你说得很对，”卡林顿说，“反正，我没有什么可以失去的。不管她嫁不嫁给拉特克利夫，反正不会嫁给我。”

这几句卑怯的话是希望得到西比尔的鼓励的，结果却咎由自取。西比尔虽然受到了卡林顿不言而喻的赞许，但问题所涉及的到底是他而不是她，她便像母狮一样勇敢地从女人的观点出发，立即就有关情况谈了令他失望的看法。她坦率地说，似乎一涉及女人，男人就失去常态了；她简直不明白天下的女人有什么值得那么大惊小怪的。她认为大多数女人都可恶之极，而男人则高尚得多。“至于马德琳，为了她，尽管你们都准备割断彼此的喉管，她却是亲爱的好姐姐，心地像金子一样纯洁，我全心全意地爱着她，不过，如果同她结婚，不论是谁，都不会喜欢她的。她一向都很任性，只能按自己的意见办事，绝不会服从你们的意志，这样，不出一个星期，就会双方都很不愉快。至于那个老家伙拉特克利夫先生，她一定会叫他的日子很不好过——但愿如此。”她最后恶狠狠地爆发出一腔仇恨。

卡林顿不禁被西比尔的恋爱观逗乐了。西比尔受到鼓舞，愈加胆大无忌，进而无情地指责卡林顿不该拜倒在她姐姐的脚下，“仿佛你就比不上她似的”，甚至公然声言，倘若她是男人，她至少要有点儿傲气。男人是喜欢这样的惩罚的。卡林顿不但不为自己辩解，反而欢迎西比尔的指责。他们跨着马，傍着春波荡漾的溪流，迎着轻柔湿润的南风在光秃秃的林间穿行，两人都那么兴致勃勃。这是一首小小的田园诗，因为包裹在忧郁之中，所以尤其令人愉快。卡林顿见西比尔满心喜悦，不由得怀疑生活到底值不值得那么一本正经。西比尔充满青春活力，以致不得不加以抑制；而卡林顿的精力却被二十年的艰辛消耗殆尽，需要以更大的努力来支撑自己。所以，无论如何，他都应该感谢西比尔，她以自己的有余弥补了他的不足。他很喜欢受到她的嘲笑。倘使马德琳真的拒绝他的求婚，那该怎么办啊？“呸！”西比尔说，“你们男人都是一个模子印出来的！怎么会这样愚蠢？你和马德琳共同生活谁都受不了。千万别找一个那么正经八百的！”

他们筹划了一个小小的针对马德琳的计谋，对卡林顿应该说什么和应该怎么说都作了详细的推敲，因为西比尔坚决认为男人蠢不可及，连表白爱情都不能胜任，非像教小孩子做祷告似的教导他不可。卡林顿高高兴兴地学会了表白爱情。他没有问西比尔怎么这么了解男人的愚蠢。在这一点上，大概是施奈德库彭的启发吧。总之，他们专心致志地忙于策划计谋和进行教学，一直到马德琳担心他们发生什么意外时才到家。漫长的薄暮已经变成浓重的夜色了，马德琳好不容易才听到沥青路上的马蹄声；她迎到门口，责备他们不该迟迟不归。西比尔朝她莞尔一笑， 说全是卡林顿先生的过错：他迷了路，害得她只好为他指点迷津。

他们的计划十天后才付诸实施。这时已经是四月份，卡林顿去墨西哥的准备工作已经就绪，即将启程了。终于，一天晚上，卡林顿走进李太太家时，碰巧得很，西比尔正走出来，打算去找她的朋友和近邻维多利亚·戴尔，和她厮守一两小时。卡林顿看着她走出去，感到有些惭愧。这种背着李太太的计谋并不投他所好。

他硬着头皮坐下，马上开始谈他的正题。他说他快要动身了，在国务院的工作即将结束，相信指令和有关文件两天后便可下达；他未必能够再次这样清静地见到李太太了，希望即此话别，因为有件事一直沉甸甸地压在心头。要不是为了她，他说，他一定已经欢欢喜喜地登程了，可是他至今还不敢公开触及这个话题。说到这里，他停了一会儿，似乎恳求对方回答。

马德琳放下手中的针线，脸上虽然没有愠色，却带着遗憾的神情，她当即直率地表示，他是她的挚友，说什么都不会让她生气。她不愿假装误解他的意思。“我的事情，”她不无讥刺地接着说，“似乎成了公共事务了，与其让他们背后议论，倒不如一起讨论几句。”

一开始就是当头一棒，但卡林顿把它挡开了，他继续平静地说：

“你一向都是胸怀坦白，忠诚老实的，我也将这样做。几个月来，我唯一的快乐就是同你接近。在我的一生中，我第一次尝到忘怀一切地爱恋一个女人的滋味，一个在我眼中完美无瑕的女人，只要她说一个字，我就愿意献出生活中的一切，甚至生命。”

马德琳红着脸，诚恳地转身向着他，语气同样恳切：

“卡林顿先生，我是你世界上最真挚的朋友，总有一天，你会全心全意地感谢我现在拒绝你的要求的。你不知道我将为你免除多少痛苦。我已经没有爱情可以奉献了。你需要一个年轻的、朝气蓬勃的生命来帮助你，一个活泼愉快的性格来改变你消沉的暮气，一个富有青春活力、能够专注于你、把整个生命都献给你的姑娘。这一切我都不可能做到，我没有什么可以奉献给你。我曾经企图竭力让自己相信，有朝一日，我能够以过去的希望和热情重新开始生活，可是毫无用处，我的爱情之火已经熄灭了。如果跟我结婚，你就会毁掉自己，你就总有一天会清醒过来，发现爱情世界竟是一片灰烬。”

卡林顿默默地听着，既不插嘴，也不争辩，仅仅在最后才以嘲讽的口吻说：“我的生命对于世界和我自己竟有这么大的价值，看来是不该拿它来冒这样的危险的了；可是，如蒙慨允，我宁愿孤注一掷。你会因为我冒这么大的危险而认为我邪恶透顶吗？我不想苦苦哀求，死皮赖脸地缠住你。我还有一点儿自尊，同时也非常尊重你，不过，无论你说过什么或者能说什么，我都认为，一个受伤的生命能够从另一个受伤的生命中得到幸福和平静，正像它能够从汲取新生命的活力中得到它们一样。”

以卡林顿的标准衡量，这番话可谓异常的文采斐然，李太太一时窘于应对，只能回答说他的生命与周围的人们具有同样的价值，对于她——如果不是对他自己——确实是宝贵的，所以绝不能让他毁弃自己的生命。

卡林顿继续说：“请愿谅我以这样的口吻谈话，我并不想作什么解释。无论你愿不愿意接受我，我都将永远这样爱你，因为，在我眼中，你是我所见到的和可能见到的唯一完美的女性。”

这句话如果是出于西比尔的教授，那她就算充分地利用自己的时间了。卡林顿的声调和措辞刺穿李太太的一切甲胄，犹如经过非凡的才智和极端的残忍锻炼的利器，犹如专门设计出来折磨李太太的刑具。在卡林顿的面前，李太太感到自己的冷酷、渺小。以生活而论，他的生活，过去和现在都远比她的痛苦，然而，他却是她的强者。他就坐在面前，一个真正的男子汉，平静地、默默地、毫无怨尤地承担着生活的重负，准备一如既往地以同样的坚毅接受生活的又一次打击。而他却以为她完美！她感到羞愧：一个勇敢的男子汉，居然当面说她完美！她！完美！悔恨之中，她简直想趴在他的脚下忏悔自己的罪过：对不幸和痛苦的歇斯底里的恐惧、心胸狭隘的同情、脆弱的信念、卑鄙的自私以及可耻的怯懦。她想到自己是个多么可怜的骗子，沉溺于多少不为人知的矫饰，染上多少根深蒂固的虚伪，她的每一根神经都在羞耻中颤抖；她真想用双手捂住自己的面孔。在卡林顿的那一个词语——“完美”的反衬下，她憎恶地、愤怒地看到自己的形象。

而且，难堪的岂止于此！卡林顿并不是第一个称她完美的男人。这个词语，过去只有那个已经弃世的声音对她使用过，现在猛然响起，不由得使她一阵晕眩，仿佛又一次听到丈夫在称赞她完美了。不过，对于这种折磨，她已经有了比较好的防卫。她早已久经考验，足以经受这些往事的袭击，并且锻炼得坚强不屈了。过去，她曾经被称为完美，但结果如何呢？两处坟墓，一条孤魂！她挺直身子，脸色苍白，表情凄厉，默默无语，回答他的只是微微摇头，连看都没有看他一眼。

卡林顿接着说："归根到底，我考虑的不是我自己的幸福，而是你的幸福。我绝不至于愚蠢得自以为配得上你的爱情，或者自以为竟能得到它。但你的幸福却是另一回事。我非常关心你的幸福，所以不敢离开华盛顿，生怕你不知不觉地卷进该死的政治旋涡，我要是留在这儿，也许能够有所帮助。"

"这样说来，你是真的认为我会沦为拉特克利夫先生的牺牲品啰？"马德琳冷冷一笑，问道。

"为什么不能这样设想呢？"卡林顿同样冷峭地回答，"他纵使不能对你的爱情提出强烈的要求，也能对你的同情和帮助提出要求啊。他能够为你提供你所需要的广阔天地；他一直对你言听计从；你能肯定，即使现在拒绝他，他会不指责你玩弄他吗？"

"那你能肯定，"李太太规避正面回答，反诘道，"你一向对拉特克利夫先生不是太刻薄吗？我觉得我比你了解他，他有许多优秀品质，有的甚至很高尚。他对我有什么害处呢？退一步说，他即使能够说服我，让我相信自己的生命可以因为帮助他而得到最充分的利用，又有什么值得我提心吊胆的呢？"

"在对拉特克利夫先生的看法上，"卡林顿说，"你我相距很远。对于你，他当然显示出最美好的一面，一举一动，彬彬有礼。他知道只要走错一步就会功亏一篑。而我看到的他却只不过是一个卑鄙自私、不顾廉耻的政客，他可以把你拉到他的道德标准上，或者，更可能的是，很快使你感到憎恶，使你为他卑鄙的野心痛苦地牺牲自己。你经不起生活中的又一个失败的开端了。拒绝我吧！我没有一句怨言，但千万小心，别把你的一生扔给拉特克利夫。”

“你为什么把拉特克利夫先生想得那么坏？”马德琳问，“他总是很赞扬你的。你知道他有什么人们所不知道的污行劣迹吗？”

“对他的政治活动，我没有什么可以挑剔的，”卡林顿回答说，部分地回避了马德琳的问题，“你知道我对他向来只有一个看法。”

谈话中止了片刻。双方都觉得没有谈出什么结果。最后，马德琳问道：“你希望我怎么办呢？希望我无论如何不要嫁给拉特克利夫先生吗？”

“当然不是，”卡林顿回答说，“你了解我，知道我不会提出这样的要求。我只希望你不要匆忙，希望你在拿定主意以前脱离他的影响。一年之后，我相信，你一定会同我一样看待他的。”

“这样看来，如果我发现你错了，你就让我嫁给他啰。”李太太说，语气中带着明显的讽刺意味。

卡林顿露出不豫之色，平静地回答：“我担心的是他在此时此地的影响，我希望看到的是你比原计划提前一个月北上，不给他采取行动的时间。只要知道你平平安安地抵达新港，我就放心了。”

“你对华盛顿的看法好像和戈尔先生一样坏，”马德琳轻蔑地笑笑，说，“他也这样劝告我，不过不敢说明原因。我不是小孩子，我三十岁了，见过一些世面。我不像戈尔先生，不怕华盛顿的瘴气；也不像你，不担心拉特克利夫先生的影响。我如果受骗上当，那是活该，没有任何理由埋怨各位朋友。你们给我的劝告，足够我受用一辈子了。”

卡林顿的脸色更加懊丧、阴沉了。谈话的发展果然完全不出所料，西比尔和他都预计到马德琳很可能这样回答。然而，他不能不强烈地意识到他在损害自己的利益，仅仅在纯粹的意志力的驱使下，他才被迫发动最后的、更加猛烈的攻击。

“我知道我的态度是很冒昧的，”他说，“可惜我无法让你明白我多么不愿触犯你。我是生平第一次不能不惹你生气。如果现在怕你发怒而闭口不言，将来，你万一在拉特克利夫这块暗礁上毁灭一生，我就将永远不能原谅自己的怯懦，就将为没有竭力劝阻而抱憾终生。也许，我能开诚布公地同你谈话，这是最后的一次机会了，我恳求你听一听。我没有任何个人的企求，纵使今后再也见不到你，该说的话我同样要说。请离开华盛顿吧！现在就走！不给提前二十四小时的预告，马上就走！不要让拉特克利夫先生再次单独来访！如果愿意，今年冬天再回来，如果认为合适，那时再接受他。我只要你好好考虑一下，不要在这里匆忙决定。”

马德琳眼中闪着怒火，愤然扔下手上的刺绣。“不!

卡林顿先生！我不听别人发号施令！我要照自己的意见去办！我无意嫁给拉特克利夫先生；要不，我早就嫁给他了。可是，我绝不逃避他，绝不逃避我自己。那样做就是下贱、耻辱、卑怯！”

卡林顿无言以对，学来的话已经全部倒完了。一阵漫长的沉默之后，他起身要走。“你生我的气吗？”李太太比较温和地问。

“该提出这个问题的是我，”他说，“你能原谅我吗？恐怕未必。任何男人，只要对女人说了我对你说的话，都不可能得到完全的宽恕。你再也不会像我没说这番话那样地看待我了。这一点我是没有开口就明白的。就我而论，我只能像过去那么生活。我过去的生活并不愉快，将来也不会因为我们今天晚上的谈话而有所改善。”

马德琳有点儿于心不忍了。“像我们这样的友谊是不会那么脆弱的，”她说，“别再委屈我了。你临走还来看我吗？”

卡林顿答应再来，随即告辞而去。李太太身体疲乏，心中烦乱，只对女仆嘱咐一声，便匆匆忙忙地回卧室了。“西比尔小姐进来时，告诉她我不大舒服，已经上床了。”西比尔以为自己明白姐姐不大舒服的原因。

离开华盛顿之前，卡林顿又同西比尔骑马出游了一次，向她报告了谈话的结果。他们都承认自己很不乐观。卡林顿表示，马德琳说不想嫁给拉特克利夫先生，但愿她的话意味着某种承诺；而西比尔却使劲摇头。“在男人求婚之前，女人怎么知道自己要不要答应呢？”她十分自信地说，仿佛在陈述世界上最最简单的事实。卡林顿满脸疑惑，鼓起勇气问道：在这个至关重要的问题上，通常女人是否预先拿定主意呢？西比尔简直不胜鄙夷：“我倒想问问，她们拿定主意有什么用处呢？毫无疑问，她们的做法恰恰相反，明智的女人是不会去拿定什么主意的，卡林顿先生！你们男人真是愚蠢透顶，一点儿都不懂。”

这件事卡林顿只得就此作罢，转而重新提出那个发霉的问题：西比尔能提出什么别的办法吗？西比尔伤心地自认不能。照她看来，他们只有听天由命了，她以为卡林顿先生不顾她的孤立无援，撒手而去，真是太狠心了。他是答应过要阻止这桩婚姻的啊。

“我要再做一次努力，”卡林顿说，“在这次努力中，一切都取决于你的勇气。可以肯定，拉特克利夫先生必然会在你们北上之前提出求婚，他不会想到你会制造麻烦的，只要你不声不响，别去惹他，他就不会把你放在眼中；而当他果真提出求婚时，你一定会知道的，至少，你姐姐一定会告诉你她是否接受。如果断然拒绝，那你只要使她坚定自己的态度就行了；如果见她犹豫不决，你无论如何要挺身而出，全力以赴地阻止她。要勇敢，要竭尽全力。如果一切努力均告失败，而她仍然对拉特克利夫恋恋不舍，我就不得不打最后一张牌了，说得确切一点儿，你就不得不代我打出最后一张牌了。我将交给你一封密封的书信，如果万不得已，就把这封信交给她。你必须在她再次见到拉特克利夫之前交给她，必须让她阅读这封信，如果需要，无论何时何地，强迫她读。你绝不能让别人知道这封信的存在，必须像保管钻石般小心保管。你不要了解信中的内容；它必须是个绝对的秘密。懂吗？”

西比尔觉得自己听懂了，但是情绪低落。“你什么时候给我这封信呢？”她问。

“我动身前的晚上，来辞行的时候；可能是下星期天吧。这封信是我们的最后希望。如果她读过之后仍旧舍不得他，亲爱的西比尔，那你就得打点行装，去找个新家了。你是绝不可能同他们一起生活的。”

他从来没有叫过她的名字，现在，西比尔听到叫声，心里不禁一阵高兴，虽然对于这种亲昵，她通常总是十分反感的。“你别走多好啊！”她声泪俱下地说，“你一走，我该怎么办呢？”

卡林顿听到这个哀怨动人的恳求，蓦然感到心如刀绞。他发现自己并不像原先以为的那么衰老。无疑，他已经渐渐爱上她的率直、诚实和那健全的理智，而且终于发现她容貌俊秀，身姿绰约了。最近一个月来，他与这位少女的相处难道一点儿不像男女调情？一缕淡淡的疑云飘过他的心间，但被他尽快地驱散了。一个像他这样年纪、像他这样清醒的男人，是不可能同时爱上姐妹两人的；更不必说西比尔不可能眷恋他了。

不过，在这个问题上，西比尔却是毫无疑虑的。她渐渐地信赖他了，而且是以年轻人的全部盲目的信心去信赖他的。失去他就是一场严重的灾难。她过去从来没有这种感触，因而觉得它极其可恼。那些年轻的外交官和爱慕者竟然完全不能填补他的空缺。他们在社会的空壳上又跳又叫，兴高采烈，然而，一旦有人掉进空壳，在黑暗和危险中挣扎，他们都毫无用处。同时，年轻人往往喜欢了解年长男人的秘密，酷爱一切带有经验和冒险风味的经历。有生以来，西比尔第一次发现有一个人能够激发她的想象，他参加过叛乱，习惯于命运的捉弄，在死亡面前泰然自若，对升沉荣辱一律漠然置之。她觉得，如果发生地震，他一定能告诉她应该怎么办，而且近在身边，可以随时求教；在女人眼中，一旦面临困厄，这就是天下男人一生在世的重大目的。她突然感到，没有他，华盛顿就不堪忍受，她就没有勇气与拉特克利夫先生单独斗争，即使勉为其难，也注定要犯极大的错误。她渐渐对关系他的一切产生了新的兴趣，问了许多有关他的妹妹及其庄园的问题，还想问问她是否能够做点儿什么帮助她们，可惜这个问题似乎很难启口。在卡林顿方面，他要西比尔保证给他写信，如实地报告这里发生的一切情况，这个请求很讨西比尔的喜欢，尽管她知道他所关心的完全是姐姐的利益。

当他星期天晚上到李太太家辞行时，情况更加糟糕。根本没有单独谈话的机会。拉特克利夫坐在那儿，还有几个外交官，其中包括雅各比老头，他有猫一般的眼睛，能洞悉别人脸上的每一丝表情变化。维多利亚·戴尔坐在沙发上，在与邓贝格勋爵闲聊；西比尔宁可生场普通的小病，甚至轻微的猩红热或者天花什么的，也不愿了解他们在谈些什么。卡林顿设法让西比尔到另一个房间待了片刻，把那封信交给她，然后向她道别。他紧紧地握住她的手，诚挚地注视着她的眼睛，提醒她别忘了写信。她的心怦怦剧跳起来，尽管她暗暗告诫自己：他关心的完全是姐姐。事实上确实如此——基本如此。这不是一个使她精神振作的念头，但她仍然像女主角一样坚持终场。也许，当她看到他以明显的少得多的情意向马德琳告别时，有点儿感到高兴。人们可能以为他们是两位好朋友，并没有什么令人痛苦的感情在咬噬他们，然而，客厅中的每只眼睛都在注视着、探测他们的告别。拉特克利夫冷眼旁观，怀着特别的兴趣，他有些迷惑，不大理解他们之间的过于亲切的友谊。难道是他判断错了吗？抑或是有什么暗中的原因？他坚持一定要与卡林顿亲切地握手，并且祝他旅途愉快，一路顺风。

那天晚上，西比尔上床之后，竟然自孩提时代以来第一次淌了一会儿眼泪；当然，她并没有因为伤感而不能成眠，这也是事实。她感到孤单，感到责任重大，心情沉重。此后一两天中，她一直情绪亢奋，心神不宁，不愿骑马，不愿访友，不愿见客。想唱歌却又感到厌倦。她走出屋子，在广场上坐了几个小时。在这里，安德鲁·杰克逊[①] 巨像胯下的骏马腾空而起，沐浴着煦丽的春晖。同时，她还有些

① 安德鲁·杰克逊（1767—1849）：美国将军，于 1829 年至 1837 年任美国第七任总统。

懊伤和恍惚，频频提起卡林顿，终于忽然引起马德琳的疑心，开始焦虑不安地注意她了。

星期二晚上，即马德琳注意观察了两天之后，西比尔待在马德琳的房间里：姐姐盥洗的时候，她经常待在那里聊天。这天晚上，她没精打采地躺在长沙发上，不到五分钟又提起卡林顿了。马德琳坐在镜子前面，回过头来，注视着西比尔。

“西比尔，”她说，“从我们坐下吃晚饭算起，你这是第二十四次提到卡林顿先生了。我在等一个整数，想看看是否需要引起注意。这是怎么回事啊，孩子？你喜欢卡林顿先生？”

“咳，莫德！”西比尔怪嗔地叫道，满脸绯红，即使在昏暗的灯光下，姐姐也看得一清二楚。

李太太站起来走过房间，在西比尔身边坐下；西比尔则躺在长沙发上，索性背过脸去。马德琳双臂抱住她的脖子，吻了她一下。

“可怜——可怜的孩子！”马德琳满腔同情地说，“我根本没有想到这件事情！我真是个傻瓜，怎么能这样没有头脑啊！告诉我，”她有点儿迟疑地说，“他已经——他喜欢你吗？”

“不！不！”西比尔叫道，突然情不自禁地痛哭起来，“不！他爱你！他只爱你！根本不注意我。我谈不上怎么喜爱他，”她一边擦泪一边继续说，“只是现在他走了，我觉得很寂寞。”

李太太犹自坐在长沙发上，一只手臂抱着妹妹的脖子，默默地凝视着空中，凝视着那幅令她困惑和惊恐的图画。现在的事态已经渐渐越出了她的控制。

十一

四月中旬，华盛顿这个呆滞城市的社交界，上上下下，突然一齐骚动起来。萨克森－巴登－汉堡大公爵伉俪到美国观光旅行，很快就要来拜谒美利坚合众国的总统了。各家报纸急忙告诉读者大公爵夫人原来是英国公主。由于缺乏其他重大的社交活动，一切人等，只要对如何显示自己的高贵略有所知，都急于趋奉这对尊贵的伉俪，以表示从实业中攫取大量财富的共和主义者对英国皇族的敬意。纽约举行了一次宴会，与会者中，最卑微的也至少腰缠百万，而那些有幸在公主身旁坐上一两小时的巨商富绅，则更以估计自己所代表的总资产款待对方。纽约还举行了一次舞会，会上，公主穿的是不合身的黑绸礼服，佩戴的是假钻石项链和黑玉饰物，而簇拥着她的几百人的服饰，却无不以数十万美元之费来表现高度的共和主义的愚蠢。在这些殷勤款待之后，大公爵伉俪来到华盛顿，成了斯卡勋爵的贵宾，或者更确切地说，斯卡勋爵成了他们的客人，因为他似乎以为把整个公使馆都交给他们了。他以真正直率的英国人的态度告诉李太太，说他们讨厌之极，他希望他们待在萨克森－巴登－汉堡,或者任何别的适当的地方，但他们既然来了，他就不得不俯首听命。对于他那品评他们的坦率，李太太既觉得有趣，又有点儿惊讶。通过斯卡勋爵的毫无热情的介绍，李太太才明白，原来这位公主似乎态度倨傲，惹人厌烦，漂洋过海时又吃尽苦头，并且还憎恶美国和美国的一切，等等；但是，她对丈夫的妒忌却并非毫无道理，她忍受着无穷的痛苦，尽管怨气冲天，却又不愿离开他身旁。

斯卡勋爵不但非把公使馆变成旅馆不可，而且，出于高度的忠诚和无限的热情，还以为应该举行一次舞会。他说，这是一举清偿全部人情债的最好方法，如果公主没有别的长处，让她露面表示一下“增进两大强国的友好关系”的意图，却是足副其用的。换言之，斯卡勋爵就是要为自己的外交利益展览公主。他真的这么做了。也许有人认为，在这国会休会之际，华盛顿简直找不到参加舞会的足够人数，然而，这不仅不是缺憾，反而是个便利。英国公使可以因此而不受限制地广发请帖。他不但邀请了总统、阁员、法官、陆海军军官，以及所有值得考虑的华盛顿居民，而且邀请了全部参议员、全部众议员、全国的州长及其幕僚，全美国和全加拿大的知名人士及其家属，最后，从北极到巴拿马地峡，每一个曾经对他以礼相待或者有资格得到一张请帖的，无不受到邀请。结果，巴尔的摩大有倾城而出之势，费城的态度不相上下，纽约奉献了几十名宾客，波士顿派出所在州的州长和一个代表团，而那位著名的、在合众国的参议院中代表加利福尼亚的百万富翁，则由于请帖迟到一天，不能偕同家属和至爱亲朋登上铁路董事的车厢横贯美洲大陆，到英国狮的舞厅来领受皇室的微笑，不由得大为懊恼。由此可见，在正义的事业中，自由公民将会作出多么惊人的巨大努力！

但斯卡勋爵却满不在乎。一天下午，他信步跨进李太太的客厅，要了杯茶，说他已经把展览动物赶进德国公使馆，可以解脱几个小时，以便同人类社会有所交往了。西比尔深得他的喜欢，纠缠着要他谈谈这次舞会的准备情况；他坚持说他也毫无所知，只说一个从纽约来的人物接管了公使馆，至于这个人会如何摆布，那可是最聪明的人也难以逆料的。但根据使团中那些年轻外交官的谈话判断，斯卡勋爵以为，似乎整个城市都将盖上屋顶，因为估计有四千万人前来参加。不过在这个事件中，他自己所关心的则仅仅是可望收到的鲜花。

"所有年轻美貌的女人，"他对西比尔说，"都要拿花束送我，我最喜爱深红色的玫瑰，但其他美丽的品种，只要不是蔫萎的，也都接受。每个送我鲜花的女人，都要我保留一轮跳舞的机会，这可是外交礼节，罗斯小姐，请立即写在记事本上。"

对于马德琳，这次舞会真是喜从天降；它来得不迟不早，恰恰可以转移西比尔的注意力，为她排忧解闷。自从西比尔泄露情思以来，已经一个星期了，它对李太太的影响简直有如地震。一个星期来，西比尔一直情绪激动，烦躁不安，尤其是知道自己受到姐姐的监视。她暗暗惭愧自己的持身处己，企图迁怒于卡林顿，似乎卡林顿应该对她的愚蠢负责；但是，如果要和马德琳谈论这个问题，那就不能不牵涉到拉特克利夫先生，而在拉特克利夫公开进攻之前，卡林顿是明令禁止她主动出击的。西比尔的沉默蒙蔽了可怜的李太太，她错误地以为妹妹的忧郁完全是单相思的缘故，并且自以为负有完全责任；她悔恨自己粗心大意地让西比尔暴露在如此巨大的危险之中，这种负疚感沉重地压在她的心上，使她以圣徒般的自我折磨的能力，让这根鞭子把自己抽打得遍体鳞伤。她看到西比尔两颊上的红润迅速地消退了，凭借丰富的想象力，还发现了热病似的脸色和咳嗽的症状。她在这方面相当神经过敏，把自己折磨得发烧，以致西比尔自作主张去请了医生，叫马德琳不得不服下一剂奎宁。其实，人们需要为她担心的理由远远地超过了她为西比尔担心的理由；西比尔不过在责任面前有点儿紧张不安，除此而外，完全是美国土地上最最身心健康的少女，她的心情从来没有减少她五分钟的睡眠，虽然在饮食上稍微比过去挑剔一点儿。马德琳很快就注意到这种锱差铢异，查阅了大量的菜谱，天天甚至时时出其不意地要求厨师做些莫明其妙的新的佳肴。

斯卡勋爵的舞会和西比尔对舞会的兴趣，极大地宽慰了马德琳的心，现在，她把整个心灵都扑在无聊浅薄上了。自从十七岁起，她一直没有像现在这样，以对待这次为大公爵夫人举行的舞会的热情，想念和谈论过任何一次舞会。她想尽办法让西比尔高兴。她领她去拜访那位公主；倘使达赖喇嘛访问华盛顿，恐怕也会领她去的。她撺掇她从纽约定购了一大捆最美丽的玫瑰，把它送给斯卡勋爵；敦促她毫无必要地提前好几天张罗礼服，把那件绝妙的服装取出来，仔细检查，百谈不厌地加以评论和探讨。她不断地谈论着礼服、公主和舞会，直至唇焦口燥，头脑发麻。从早到晚，整整一个星期，她吃的、喝的、呼吸的、梦见的统统都是舞会。为了安慰妹妹，排遣妹妹的愁闷，凡是爱情可以激发或者苦心可以达到的，她都无所不至。

她知道这一切都是暂时性的，只有缓解的作用，为了确保西比尔的幸福，必须采取根本性的措施。这个问题暗暗想得她头痛心碎。有一点，并且只有一点是清清楚楚的：倘若西比尔爱卡林顿，她就应该得到他。至于马德琳打算怎样转移卡林顿的感情，天晓得，只有她自己知道。她把男人视作天生由女人支配的动物，可以像支票和行李单一样，随意地由一个女人交给另一个女人；唯一的条件就是，必须首先彻底破除男人的那种以为可以擅自作主的愚妄。李太太深信，只要让卡林顿绝念于自己，就一定能叫他爱上西比尔。无论如何，纵使万不得已，别无选择地必须接受拉特克利夫先生，也绝对不容许影响西比尔的幸福。就这样，李太太第一次叩问自己，她那婚姻的难题，是否最好找出一个答案？

倘若没有臆想中的妹妹的利益这股强大的压力，她会不会走到这一步呢？这是聪明人不会问的问题之一，因为这是最聪明的男人和最聪明的女人都不能回答的问题。为了满足广大读者的要求，许多富有创造力的作家在这个主题上挖空心思，每家书店都不乏他们的作品。他们认为，在适当的条件下，任何女人，只要以适当的方式激发她们"比较高尚的天性"，就可能在任何时候嫁给任何男人。作家之所以不在这个问题上讲道说教，乃是出于无奈。在这些读起来非常有趣、却极其容易因为阐述道德思想而逊色的作品中，《美人与恶汉》、《蓝胡子》和《奥尔德·罗宾·格雷》可谓出类拔萃、卓具魅力的佳品。可是，以麦考利勋爵[①]为首的成千上万现代作家却在小说天地中大肆为虐，以至于今天连提及《天方夜谭》也不再没有猥亵之嫌了。总之，我们必须把女人具有的择夫不当的极大可能性，看作人类社会的基石。

实际上，当此之时，西比尔几乎把卡林顿忘得一干二净。华盛顿又熙熙攘攘的了。街上，来自纽约、费城和波士顿等地的时髦青年，男男女女，挤挤拥拥，使西比尔目不暇接。她不断收到舞会筹备情况的正式报告。出于对英国女王陛下的敬意，出于见识场面和让人饱享眼福的愿望，总统及其夫人的大驾已经同意光临。全部内阁成员都将陪同总统前往。各国外交使团一律参加；陆海军的军官们也不例外；加拿大总督已经带着幕僚出发。斯卡勋爵说那位总督是个笨蛋。

---

① 麦考利勋爵（1800—1859）：英国历史学家和政治家。

对于西比尔，举行舞会的一天乃是焦急不安的一天，不过并非因为拉特克利夫先生或者卡林顿先生的缘故，与当前这个重大事件相比，他们都是鸡毛蒜皮。西比尔肩负为自己和姐姐梳妆打扮的重任。实际上，李太太服饰上的一切胜利，不论过去或现在，从来都是西比尔的功绩，但马德琳无论穿戴什么都设法体现自己的素养，而西比尔自己的衣着却根本不管姐姐的一套。这天，西比尔确有其特别兴奋的理由。那在楼上整整收藏了一个冬天的两套崭新的、华丽得异乎寻常的礼服，她一直没有盼到值得穿着的机会；尤其是其中的一件，是沃思先生的艺术杰作。现在，机会终于到了。

去年夏天，六月初的一个下午，沃思先生收到达荷美国王的宠姬的一封来信，嘱咐他设计一件舞会服，要完全击败她的七十五个情敌，使她们又羡慕又绝望，灰心丧气，一蹶不振。她年轻美貌，费用是在所不计的。这位十九世纪的伟大天才彻夜不眠，在床上辗转反侧，反复思考这个问题。一个个深浅不一的肉色上溅着血红的图象搅扰着他的思想，但全都被他否定和摈弃了；这种设计在达荷美一定太平常了。在玻璃镜的天花板上，当第一道曙光现出他那疲倦的面容时，他翻身起床，绝望而冲动地推开窗扉。充血的眼睛之前，竟是一个纯洁的、恬静的、新生的和绚丽的六月的晨曦！这位天才灵感发现，惊叫一声，探山窗口，疾速地抓住了崭新构思的具体细节。不到十点钟，他就回到巴黎的办公桌前，迫不及待地吩咐把各种淡红的、淡桔黄的、淡绿的、银白的和天蓝的丝绸锦缎和轻罗薄纱送进他的密室。于是，那令霓虹逊色的色谱、那交响乐和赋格曲的结合，那宛转的鸟鸣和露珠晶莹的自然界的安谧和谐，那少女从纯洁中醒悟的娇羞温柔——那“六月的晨曦”出现了。这位名师巨匠感到心满意足。

一个星期之后，沃思先生收到西比尔的订单，其中包括一件“完全创新的、完全不同于已送往美国的舞会服”。他思索着，犹豫着，回忆着西比尔的身材和独特的头部姿势；他扫了一眼地图，猜测着《纽约先驱报》在达荷美有没有特派记者；最后，以其伟大的匠心所特有的慷慨大度，终于为“美国纽约的西比尔·罗斯小姐”复制了“六月的晨曦”这套已经被定购的舞会服。

施奈德库彭和弗伦奇先生又回华盛顿了。举行舞会的那天晚上，在同李太太一起吃饭时，朱莉娅·施奈德库彭很想知道西比尔打算穿什么衣服，可是枉费心机。“亲爱的，趁不知道时高兴一会儿吧！”西比尔说，“你马上就会尝到妒忌的痛苦的。”一小时后，她的房间，除了缓缓燃烧着木柴的壁炉，都成了六月晨曦女神的祭坛。她的床、长椅、小方桌、花布椅子，直至拖鞋、手帕、手套和鲜艳的玫瑰花束，都无不蒙上一层神性。终于，当祭礼好不容易结束时，李太太以最后审查的目光打量了祭祀的结果，露出满意的笑容。西比尔年轻、幸福，焕发着洋溢的青春和美丽，俨然是从水花飞沫中升起的希腊神话中的青春女神和美与爱的女神。那拍起水花飞沫的柔波弱浪，折向一抹长长的、淡淡的、柔和的、丝绸般的桃红；桃红融进一片片轻曼的淡黄；淡黄之中，间或衬托出一撇六月的嫩绿——抑或是晨曦的蔚蓝？抑或两者兼有？——显现出那么难以形容的青春活力。她的女仆怯怯地暗示着“娘们儿”——美国家庭中的女仆往往这样互相称呼——应该在神坛上焚香膜拜，大家热烈响应，趁女神还没有被缭绕的香烟笼罩之前，饱一饱眼福。从为首的厨师，一个惊叹之情已经不可抑制的六十岁左右的黑人寡妇，直至一位新英格兰的老处女——她那再洗礼派的虔诚和自己的直觉激烈地搏斗着，她虽然厌恶那些“法国佬”，苛刻的嘴巴不说，心里却暗暗佩服他们做的礼服和女帽——这群女神的崇拜者一齐拥在门口，低语切切，赞不绝口。世世代代以来，无数个少女在出发进行她们小小的冒险时，鼓舞她们信心的就是这种观众的喝彩。这种庭院中的月桂，将欣欣向荣地继续生长半个小时，直到被带进舞厅时才会枝枯叶萎。

李太太认真地给妹妹打扮了很长时间。当年，难道她自己不是全纽约服饰最鲜丽的姑娘吗？她至少持有这样的想法，因而，每当西比尔准备参加什么盛大的社交活动时，她的天性总会死灰复燃。她深情地吻过妹妹，当“六月的晨曦”完全降临时，又格外盛赞了一番。当此之际，西比尔是典型的青春焕发的妙龄少女，竟使李太太几乎敢于希望自己不会永远伤心下去，而能够活到卡林顿回来了。她自己的梳妆远比妹妹简短，可是没等她穿戴完毕，西比尔就早已耐不住了，何况马车又在等候，于是只得裹着一件上剧院时穿的长大衣下楼，匆匆上车，让全家大失所望。

当她们终于跨进英国公使馆的客厅时，斯卡勋爵埋怨她们没有早点儿来帮助他接待客人。勋爵阁下胸前披着宽大的缎带，外衣上挂着勋章，屈尊俯就，兴致勃勃地大谈“六月的晨曦”。施奈德库彭以信口胡诌最新艺术梦话为自豪，毕恭毕敬地端详过李太太的银灰色缎礼服及其威尼斯项链——其造型谨慎地窃自罗浮宫的一幅图画——而后清晰地低声说：“银灰色的夜景画！”随即转向西比尔，“你呢？当然啰，我知道！一首没有歌词的歌曲！”弗伦奇先生走上前来，以极其动人的声调叫道：“啊啊，李太太，你今天晚上真美！”雅各比经过一番认真彻底的审查，说要以老年人的冒昧告诉她们，她们的衣饰完全无懈可击。甚至大公爵都被西比尔迷住了，要求斯卡勋爵介绍自己，接着又邀请她跳华尔兹舞，简直叫她大吃一惊。她从马德琳的视野中消失了，直到“晨曦”与黎明会合时才回到姐姐身旁。

正如报纸所宣称的，这次舞会确实是个辉煌的胜利。大凡熟悉华盛顿市的人，谁都不会忘记，在我国和外国政府为内阁官员、法官、外交使节、副总统、议长和参议员的舒适而修建的宏伟大厦中，英国公使馆是最最引入瞩目的。皮蒂宫[1]的主体，卡塞殿的装饰和东方清真寺的拱形圆顶浑然一体，它本身就为社交活动提供了许多奇情异趣。既然大家都可以很方便地查阅第二天的各家纽约报纸，了

① 皮蒂宫：古代意大利佛罗伦斯的宫殿。

解公使馆底层布置的详细情况，这里就不必多加赘述了；何况同一星期的各家画报还刊登了许多描绘当时情景的栩栩如生、令人喜爱的速写和舞厅全貌，还有一幅公主笑容可掬地坐在宝座上的图画。在那幅图画上，公主的左侧后方紧挨着的就是李太太，虽然画得不像，却不难认辨，因为那位画家出于自己的目的，把她画得很矮，而公主则画得很高；这个比例并不完全准确，正如他笔下的公主，那满面春风与其真实表情大相径庭一样。简言之，他不得不向全世界表示的，是我们的愿望，而不是过去、现在，或者，老天保佑，不久将来的事实。不过，在这幅画中，最奇怪的却是，他确乎亲眼目睹李太太在他所画的位置上——在公主的身旁。舞厅之中的这个位置，可是任何熟悉她的人都绝不会给她找的。既然有关这次舞会的公开报道仅仅提到“我们妩媚而高贵的女性公民，莱特富特·李太太，紧挨在大公爵夫人殿下的身后。今年冬天，她在华盛顿引起极大的轰动；社会上的流言飞语把她的名字和财政部长的名字连在一起。公主的极大部分谈话几乎都是对她说的”云云，那就必须立即解释这个令人诧异的枝节了。

舞会非常精彩。令人愉快的四月的夜晚，许多地方都确实没有这么欢乐。使馆外面，一大片空地被遮盖起来，成了大如剧院的舞厅。长长的一边的正中，筑了一个高台，摆着一张沙发；遥遥相对的另一边的中间，也同样是高台和沙发。高台之上，各张一顶红色天鹅绒华盖：一顶绣着狮子和独角兽，另一顶上绣着美国之鹰。独角兽上悬挂着英国国旗；美国之鹰上懒洋洋地飘着星条旗。英国公主不复是一位稚气十足的小姑娘了，她发现煤油灯有碍自己的皮肤，便强迫斯卡勋爵以十万支蜡烛照亮她的天生丽质。这种安排，对于大公爵的皇家威仪，固然并不惹目，但于对面总统的民主丰采，则无奈炫耀太过，很不得体。

当时的确切情况是这样的：在过去的一周中，大公爵夫人不得不与总统，尤其是总统夫人有所接触，因而已经对后者怀着不可形容的厌恶情绪。她下定决心，无论如何也要同总统夫妇保持相当的距离。经过激烈的争论，大公爵和斯卡勋爵费尽心机，才迫使她同意夜餐时由总统陪她入席。除此之外，她拒绝作出任何让步。她把总统夫人叫做“那个女人”。她不愿同“那个女人”谈话，不愿靠近“那个女人”。她宁可整个晚上待在自己房间里，并且毫不在乎那位“王后”作何感想，因为她根本不是那位“王后”的臣民。这对斯卡勋爵来说可是个棘手的难题；既然如此，他真不知道为什么还要款待公主。幸而，在大公爵和邓贝格勋爵——他的一片热心和含笑以及取得的某些成功——的帮助下，斯卡勋爵才找到解决办法。这就是舞厅上为什么设着两个宝座，以及英国宝座的照明为什么那么注意公主面色的原因。在同时充当英美两国的使节，使两大强国脱离接触的非常努力中，斯卡勋爵真是任劳任怨，不惜牺牲自己。他，大公爵和邓贝格勋爵警惕、勤勉、灵活而成功地起着缓冲器的作用。他们的一个变通方法就是，斯卡勋爵想起李太太，把她与总统夫人的关系告诉公主。这个情况在华盛顿并不是什么秘密，因为白宫女主人是怎样看待李太太的，莫说马德琳自己，整个上流社会都了如指掌。现在，华盛顿的上流妇女，往往拿李太太作诱饵去挑逗白宫女主人，而后者也总是百试不厌，踊跃上钩，简直使维多利亚·戴尔和其他恶作剧的人乐不可支。

“你只要让李太太不离左右，她就不会缠住你了。”斯卡勋爵说，于是公主就真的抓住李太太，在总统夫妇面前，像抵御毒眼的护符似的不肯撒手。她让李太太站在身后，活像一位宫女；她甚至仁慈地允许李太太坐下，近得连椅子都靠在一起。每当见到“那个女人”时——大部分时间是见到的——她就只顾同李太太谈话，并注意让人看到。甚至早在总统夫妇到达之前，马德琳就被公主抓住了，而当公主上前迎接总统夫妇，尊贵地冷冷地欠身时，她更是会紧紧地扯住马德琳不放。李太太无可奈何，也鞠了一躬，但总统夫人却轻蔑地恶狠狠地瞪了她一眼，不理睬她的弯腰之劳。斯卡勋爵正在充当总统夫人的骑士，这真使他吓坏了，连忙借口参观舞厅的布置，催促他的民主王后快走。最后，他让她登上自己的宝座，而后与大公爵相互替换着，在旁边站了一个晚上的岗。当总统跟在公主后面时，公主便迫使丈夫挽着李太太，领她登上英国宝座；公主之所以要这样做，其实别无目的，就是为了激恼总统夫人；而后者则在她的高台之上，果真横眉怒目地望着李太太的扈从行列。

在这一切不快之中，李太太始终是主要的受害者。没有人能够援救她，她真正地被监禁起来了。公主无休无止地以无聊的谈话折磨她，内容主要是抱怨和挑剔，可是谁也不敢插嘴。李太太厌烦得要命，过了一段时间，甚至对这些谈话的荒谬都不感兴趣了。而且，她还不幸地说了一两句话，引起公主的某种潜在的幽默感；公主呵呵大笑，以皇家的尊贵态度让李太太明白，她还希望听听这种调侃。李太太一生在世，待人处事，最鄙视这种献媚邀宠的行为，她不光是个共和主义者——骨子中还有点儿共产主义者的气质，对于总统夫妇，她唯一深恶痛绝的就是他们居然搞起觐见礼来，装模作样地仿效君主政体。总统也罢，王子也罢，她根本不承认任何人的社会优越感；因而，蓦地沦为一个浅薄的德国大公爵夫人的宫女，无疑是个可怕的打击。然而，那有什么办法呢？斯卡勋爵恳求她的帮助，当他走到她的面前，以其通常的平静和直率说明自己的困难和多么期待她的帮助时，她没有正当的理由拒绝他啊。

进夜餐时，同台好戏继续进行；皇室——总统席上坐着二十多位客人，由两位贵妇坐在尽可能相距最远的位置上负责招待。大公爵和斯卡勋爵坐在总统夫人的两边，勇敢地履行自己的义务，作为酬赏，获悉许多白宫中的内务料理情况。总统垂头丧气地坐在另一头的公主的旁边，因为公主不顾一切礼节，竟然迫使邓贝格勋爵领着李太太入席，让她坐在总统的身边。马德琳企图溜走，但被公主止住了，她越过总统，坚决地要求马德琳留在原来的座位上。李太太偷偷地看看自己的邻座，他没有表示，只是默默地吃着夜餐，偶尔停下来应酬一声难得的招呼。李太太开始同情他了，不知道回家后他老婆会怎么说呢。她沿着桌子碰到拉特克利夫的目光，他正微笑着注视她；她尽量流利地同邓贝格谈话。可是，一直到夜餐后很久，接近两点钟时，一直到总统夫妇彬彬有礼地告别大公爵夫妇时，一直到斯卡勋爵把总统夫妇送上马车，回来报告他们已经离开时，公主才终于释放李太太，让她悄悄隐退。

与此同时，舞会一直在以舞会的形式进行着。马德琳被迫坐在显耀的位置上时，能够目睹一切经过情况。她看见西比尔在许多跳舞者中间，同一个个男人一起旋转着，快乐之极；偶尔，当她们的目光相遇时，西比尔对她点点头，莞尔一笑。还有维多利亚·戴尔，尽管与邓贝格勋爵在一起，尽管他一直忽视跳舞的训练，她仍然显得不慌不忙，从容自若。现在可以看得很清楚了，维多利亚正在对邓贝格进行一系列挑逗活动，并把教他跳华尔兹舞当做最新科目。他的努力学习和她的耐心指教简直令人肃然起敬。舞厅对面，共和主义的宝座上，李太太看见拉特克利夫先生站在总统旁边。总统似乎不肯让他离开一步，很少的几句话语，差不多都是对他说的。施奈德库彭兄妹混在人群中间，仿佛英国根本不支持自由贸易的异端邪说似的跳着。总的说来，李太太感到很满意。如果忍受了巨大的痛苦，她的痛苦并不是没有报偿的。马德琳仔细打量过舞厅中的每个妇女，如果有谁竟比西比尔漂亮，那她可没有发现；如果有哪套服装竟比西比尔的舞会服美丽，那她就算完全不懂穿戴。而在这些问题上，她对自己是深信不疑的。可惜不能完全肯定西比尔的快乐是不是发自内心，因而绝不会向反面转化；不然，她就可以心安理得了。她神经质地注视着西比尔会不会改变愉快的表情。有一次，她觉得妹妹的神情似乎有些不快。那是在大公爵走上去邀请西比尔跳华尔兹舞的时候，但当他们翩翩起步，大公爵殿下以天下无敌的准确和力量，在舞厅中旋转起来时，西比尔脸上的阴影就不翼而飞了。大公爵似乎很喜欢自己的尝试，一次又一次地同西比尔滑过舞厅，致使李太太感到不安起来，因为公主已经开始皱眉蹙额了。

马德琳获释后在舞厅中逗留了一会儿，一方面同妹妹谈话，一方面接受众人的祝贺。在那半小时之中，她竟成了比西比尔还要备受赞赏的美人。一群男人簇拥着她，对她在今晚节目中所扮演的角色很感兴趣，恭维她受到皇室成员的殊遇。斯卡勋爵从百忙中挤出时间，以比平常更加做作的严肃声调向她表示感谢。“你受了许多活罪，”他说，“我很感激你。”马德琳嘻嘻一笑，回答说当她看着他受的活罪时，她自己的就不算什么了。最后，她对舞厅中的喧闹声和强烈的光线感到厌烦了，就挽着好朋友康特·波波夫伸过来的手臂，同他信步走到舞厅后面。她终于在一个安静的窗口的凹角中，在一张沙发上坐下了；这里的光线不那么强烈，前面还有一株可人的月桂。月桂树枝繁叶茂，透过树荫，可以看清外面的行人，而外面的行人却不容易看见她。倘使是个年轻女郎，这里可是谈情说爱的好地方，但李太太绝无此意。同波波夫调情，只怕要让全世界笑掉大牙。

波波夫没有坐下，正当他靠在墙角上与她闲聊时，拉特克利夫先生突然走进凹角，并在李太太旁边坐了下来。波波夫一见那副煞有介事、明显地以为自己的行为是理所应当的神态，不禁转身就逃。谁也摸不清这位部长是从哪里钻出来，或者是怎么知道李太太在这儿的。他没有解释，李太太也故意不问。李太太夸张其辞地描述自己当了一夜的宫女，拉特克利夫也毫不逊色地刻画了他当总统侍从的遭遇：看来，由于找不到别的保护，总统就拼命揪住他的夙敌不放了。

一遇上那种时刻，拉特克利夫就活像首相的角色。必要时，他在任何宫庭中——不仅在欧洲，而且在仍讲究达官贵人的威严的印度和中国——都能胜任。除了嘴边的一圈粗野的表情，以及眼中难以形容的冷酷神情，他俨然是一个英俊的男子，而且仍然处在壮年时期。自从进入内阁后，人人都在议论他所取得的进步。他抛弃了参议员的架势；他像体面人那样衣冠楚楚，而不像国会议员似的不修边幅了；他的衬衫不再在不适当的地方破衣而出，衬衫领子也不再那么非破即脏了；他的头发不再乱蓬蓬地披散在眼睛、耳朵和外衣上，活像条苏格兰小猎狗，而是理得整整齐齐的了。有一次，他无意中听到李太太谈论有的人天天早上不洗冷水澡，便认为有必要进行一场这方面的自我改造，不过，由于颇涉特殊阶层之嫌，所以并没有大事声张。他竭力克制自己的专横傲慢，竭力忘掉自己曾经是草原巨人和参议院的恶霸。总之，由于李太太的影响，由于脱离了参议院，摆脱了它的坏习惯和更坏的道德准则，拉特克利夫先生正在迅速成为一个应受尊敬的社会成员，一个从来没有蹲过监狱、从来没有介入政治的人们可以无忧无虑地结交的朋友。

现在，拉特克利夫先生显然下定决心要说什么。他颇为幽默地讽刺了一会儿总统充当时髦人物的成功，继而扯到总统作为政治家的才干，慢慢的，他的态度渐渐严肃，声音渐渐低沉，口吻渐渐亲密了。他直言不讳地说，现在，总统的无能已经在追随者中真相大白了，只有在内阁和朋友们的艰巨努力下，他才免于一天五十次地自取愚弄；凡是与他接触过的党的领导人，无不极其憎厌他，致使全体阁员不得不浸泡在安抚他们的努力之中；以及长此以往，拉特克利夫自己的声望必然登峰造极，所以完全有理由相信，倘若今年举行大选，他势必获得提名和当选，即使远达三年之后，也还至少享有二比一的优势，等等。这么一番导言之后，拉特克利夫继续声音低沉地说着，情辞越来越诚挚恳切。李太太纹丝不动地坐着，犹如古罗马政治家阿格利巴的女儿阿格利巴娜的雕像。她的眼睛死死地盯在地上。

“在政治生活中，我并不是一个怡然自得者。我搞政治是出于无奈，这是最适合我的职业，而雄心壮志则是使它变得可以忍受的慰藉。我们置身于政治之中，不可能纤尘不染，我在政治生涯中干了许多无法辩解的事情。一个人，只要待人处己正直不阿，自尊自重，就能永远生活在纯洁的空气之中，但政治的空气是污秽的；家庭生活是许多公职人员的救助，可我却被剥夺了许多年了。现在，我已经到了一个紧要关头，由于越来越重的责任和越来越强的诱惑，我需要有人帮助。非有不可。而且只有你才能帮助我。你有思想，有修养，为人敦厚，秉性耿直，道德高尚，是我所见到的最适宜担任公职的女人。那就是适合你的地方。你属于那些在身后留下影响的人物。我只要求你接受自己的位置。”

在拉特克利夫的计谋中，如此不顾一切地诉诸李太太的野心，乃是其经过深思熟虑的部分。他十分清楚，在这场牌戏中，他已经得到很高的分数，而随着分数的增高，必须加强诱饵的诱惑力。同时，他也不必感到困窘，因为李太太呆呆地坐着，面色苍白，眼睛盯着地面，绞着的双手放在膝上。翱翔于高空之中的苍鹰，落地时必然不像麻雀和鹧鸪那么便捷；李太太要在顷刻之间考虑许多问题，却发现自己根本不能思索。各种一时的印象和支离破碎的思想从心中飞驰而过，她的意志力既理不出它们的头绪，也辨不清它们的性质。这些疾驰而过的想法之一就是，在她迄今听到的所有的求婚中，这是最不动感情和最事务式的。至于诉诸她的野心，她根本没有入耳。一个女人，从一个出类拔萃的男人口中听到如此明显地出自内心的颂扬，而能无动于衷，确实是个了不起的巾帼英雄。不过，以她而论，严重的不可抗拒的现实，却是发现自己欲退不能，欲遁无路；她的战术被破坏了，她设置的暂时性的障碍被扫除了。求婚已经提出，应该怎么对付呢？

这个问题，她考虑了好几个月都没有得出结论，现在怎么能够在舞厅中立即决定呢？偶尔会出现这样的现象：矛盾的观点、偏见和终生不泯的激情被压缩在瞬息之间，有时就会壅塞思路，使头脑无法进行思考。李太太痴痴地坐着，一切听其自然——一种危险的权宜之计，成千上万的妇女都有这样的体会，因为这使她们处于决心制服她们的坚强意志的支配之下。

舞厅中的音乐继续不断。人们一群群地经过他们的隐避处。虽然有人朝里瞥上一眼，但谁也料想不到里面发生的事情。一种明显的神秘而紧张的空气包围着他们两人。拉特克利夫的眼睛盯着李太太，李太太盯着地面；双方都默默地纹丝不动。雅各比男爵经过时见到这个情况，用外国语可怕地骂了一句，因为什么也逃不出这个老头的眼睛；而维多利亚·戴尔，一见之下则惊奇得几乎不能自持。

经过一阵似乎无限漫长的静默，拉特克利夫接着说："我避而不谈自己的感情，因为我知道，除非迫于强烈的责任感，我无论怎么热诚你都不会下决心的。可是，实实在在地说，我对你的依赖，简直已经达到了无法形容的程度；我一想到没有你会怎么样时，就觉得生活一团漆黑，因而，只要你能待在我的身旁，我愿意作出任何牺牲，接受任何条件。"

与此同时，维多利亚·戴尔尽管正在专心一意地听着邓贝格的喁喁情话，遇见西比尔时还是停了一会儿，在她耳边低声说道："你最好去照顾一下你姐姐，在那边窗口，月桂树后面，同拉特克利夫先生在一起！"西比尔正同斯卡勋爵跳舞，虽然夜已经很深了，却仍然兴致勃勃，可是，一听到维多利亚的耳语，她顿时面色大改。过去半个月中的忧虑和恐惧，一下子全都重新涌上心头。她拉着斯卡勋爵穿过舞厅，透过月桂树看了姐姐一眼。只要一眼就足够了。她吓坏了，不敢犹豫，径直闯到姐姐面前。马德琳依然雕像似的坐着，在听着拉特克利夫的最后几句话。当西比尔急匆匆地进去时，李太太抬起头来，见她面色苍白，不由得从座位上倏地一跳而起。

"你病了吗，西比尔？"她惊叫道，"出了什么事了？"

"有点儿——累，"西比尔喘着气说，"我们该准备回家了吧。"

"是的，"马德琳大声说道，"我是准备回家了。再见，拉特克利夫先生，我希望明天见到你。斯卡勋爵，我要向公主道别吗？"

"公主半小时前就走了，"斯卡勋爵回答，他明白眼前的情势，巴不得帮助西比尔，"我领你到更衣室去，然后给你叫马车。"

拉特克利夫先生发现自己突然被孤零零地撇下了；李太太怀着新的焦虑，忧心忡忡地离开了。正当她们走进更衣室，准备马上回家时，维多利亚·戴尔突然冲到她们面前，异常兴奋地一把抓住西比尔的手，把她拖进隔壁房间，砰地关上房门。

“你能保守秘密吗？”她猝然问道。

“什么！”西比尔说，又惊讶又关切地注视着地，“不会是——你真的——告诉我，快！”

“是的！”维多利亚说着恢复了平静，“我订婚了！’

“同邓贝格勋爵？”

维多利亚点头承认。西比尔的神经被兴奋、殷勤、疲劳、困惑和恐惧绷得紧张到极点，这时猛然爆发出一阵狂笑，直使向来镇定自若的戴尔小姐也吓了一跳。

“可怜的邓贝格勋爵！可别虐待他啊，维多利亚！”西比尔喘过气来，吁吁地说，“你真打算在爱尔兰过一辈子吗？咳，你能教他们多少东西啊！”

“你忘了，亲爱的，”维多利亚端坐在一张床的床头上说，“我并不是一个乞丐。据说邓贝格城堡是一幢富有浪漫色彩的夏季住宅，当然，在沉闷无聊的季节里，我们可以去伦敦或者别的什么地方。如果你来看望我们，我一定盛情接待。你难道认为我不适合戴上一顶贵族的冠冕吗？”

西比尔又是一阵狂笑，可怜的邓贝格正焦急不安地在外面走廊上踱步，听到这不可抑制、经久不息的笑声，简直不知所措。笑声引起马德琳的警觉，使她蓦地推开房门。西比尔恢复了平静，她含着泪花，向姐姐介绍维多利亚：

“马德琳，请允许我把你介绍给邓贝格勋爵夫人！”

可是，李太太自己忧心如焚，实在唤不起对邓贝格夫人的兴趣。她被突如其来的恐惧攫住了：西比尔要歇斯底里了，因为维多利亚的订婚使她联想起自己的失望。她只得催促妹妹赶快上车。

十二

姐妹俩乘车回家，一路上默默无语。由于妹妹和拉特克利夫先生引起的不安和疑虑，李太太心烦意乱。西比尔忽而想着维多利亚猎取丈夫的滑稽，忽而又为自己大胆地干涉姐姐的婚事感到惊诧。可是，孤注一掷的心理毕竟胜过胆怯。她打定主意，绝不继续忍受悬念的煎熬，必须在一小时之内决一胜负。肯定没有比现在更加适合的时机了。她们很快就到家了。李太太事前嘱咐过自己的女仆，叫她不要等候，因而周围没有别人。马德琳房间中的壁炉仍然烧着，她加进一些木柴，然后一定要西比尔上床休息。西比尔不肯，说自己觉得精神很好，一点儿也不困倦，而且有许多话要说，希望能够一吐为快。不过，女人所特有的对于"六月晨曦"的爱护，却使她把心中的话语，推延到马德琳帮助她小心翼翼地脱下这件征服舞会的服装之后。这时，她换上晨衣，像件秘密武器似的，倏地把卡林顿的书信塞进胸口，然后回到马德琳的卧室，坐在壁炉前面的椅子上。就在这里，经过片刻踌躇，两个女人开始了她们之间拖延已久的较量。在这场较量中，双方几乎势均力敌，结果很难逆料，因为，如果马德琳远比妹妹聪明，那现在的西比尔却不但远比姐姐了解自己的目的，而且清楚地知道准备怎样去达到目的，而马德琳则完全没有料想到西比尔的进攻，根本没有防御计划。

“马德琳，”西比尔严肃地说，心中跳得厉害，“我希望你告诉我一件事情。”

“什么事啊，孩子？”李太太惶惑地问，但隐约觉得妹妹提出的问题，一定与其舞会上突如其来、瞬息即逝的病症有关。

“你打算嫁给拉特克利夫先生吗？”

在西比尔的正面攻击下，可怜的李太太狼狈不堪。她到处碰到这个无法回避的问题。在舞会上，她侥幸地逃脱了，但还不到一小时，正当她开始觉得应该感谢西比尔的现在，这个问题又像枪口似的对准她了。而且，整个城市都在提出这个问题。拉特克利夫的求婚一定被半个华盛顿知道了，广大观众正等待她的回答；人们对她挺注意，就像她是政治选举时的监察人员似的。她极其反感，因而，对西比尔的第一个反应就是一串急躁的诘问：

“你为什么要问这样的问题？你听人说过什么——有人对你谈过什么吗？”

“没有！”西比尔回答，“可我必须知道，用不着别人告诉，我自己看得出来，拉特克利夫先生想要你嫁给他。我问你这个问题，并不是出于好奇；它对我的关系，几乎同它对你自己的关系一样严重。我请求你告诉我，别再把我当做小孩子了！告诉我你是怎样想的！我在鼓里蒙够了！你不知道这件事多么沉重地压在我的心上。莫德啊，除非你告诉我，我是再也高兴不起来的了。”

李太太心里有点儿负疚，千头万绪之中，仿佛突然感觉到一圈新的烦恼在向自己箍来。对于这个简单明白的问题，她一不知道自己的决心，二不了解妹妹的意图，三以为事关妹妹的幸福；现在，西比尔又指责她缺乏感情，要求她作出坦率的回答。她怎么能够断言自己不打算嫁给拉特克利夫先生呢？这样回答就意味着摈弃自己的一切愿望。如果必须直截了当地回答，倒不如说声“是的！”把事情打发过去；倒不如冒险一试，然后再看看结果如何。于是，李太太宛如在梦中似的，怀着惴惴之心，但不动声色地说：

“唔，西比尔，我是要告诉你的。要是早拿定主意，我早就告诉你了。我打算嫁给他！我已经决定嫁给拉特克利夫先生了！”

西比尔惊叫一声，跳起来问道：“你告诉他了吗？”

“没有！我们正在谈的时候被你打断了。我很高兴你来打断我们，这样，我就有点儿时间可以考虑一下，但我现在决定了，我明天告诉他。”

说出这番话的，并不是一颗想到承认爱情就剧烈跳动的恋人之心。李太太是机械地、几乎挣扎着说的。西比尔使出全身的力气向姐姐扑去，她情绪亢奋，急于表明自己的态度，不容置辩地倾泻出一股恳求的急流。“不，不，不要嫁他啊！求求你，求求你不要嫁他啊，亲爱的，亲爱的莫德！除非要我心碎，你就别嫁给那个家伙！你不可能爱他！你同他生活绝不可能幸福！他会把你带到波奥尼亚去，你会死在那里！我会再也见不到你！他会折磨你，打你，我知道他会打你！啊啊，哪怕你对我只有一点儿感情，你就不要嫁他！把他赶走！不要再见他！我们离开这儿吧，现在就走，乘早班火车，抢在他来之前。我全都准备好了，我给你收拾全部行李。我们到新港去，到欧洲去——到随便什么他扑不着的地方去。”

西比尔一边大动感情地哀求，一边蓦地跪在姐姐面前，抱着马德琳的腰啜泣，仿佛已经心碎了。此情此景，倘若被卡林顿看到，他一定会承认西比尔不折不扣地遵从了他的教导。西比尔的这些反应是完全诚实的，她说的话是由衷的，她的眼泪是堵了几个星期的真诚的眼泪。遗憾的是缺乏逻辑。关于拉特克利夫的品性，她的看法很模糊，仅仅根据想象中的、波奥尼亚草原巨人在家庭关系中的形象，偏颇地臆测出来的。她对波奥尼亚的概念也同样朦胧不清，心目中不断浮现出这样的幻象：在一个小房间中，姐姐坐在马鬃填塞的沙发上；四周墙壁又高又白，光秃秃的，每边只有一幅五彩石印画；面前是一只封闭式的铁炉，身旁的大理石桌面上，摆着一只玻璃花瓶，瓶中插着死气沉沉的枯草；至于文学读物，则只有弗兰克·莱斯利[①] 的期刊

① 弗兰克·莱斯利(1821—1880)：美国办报人。

和一本《纽约综导》，还从头至尾到处充满浓烈的烟火味。她看见马德琳就在这种地方接待客人——那些向马德琳唠叨波奥尼亚新闻的邻居和选民的妻子。

尽管西比尔对西部地区的男人和女人、城镇和草原，总之，西部地区的一切，直至西部地区的政治和政客——她偏执地认为他们是西部地区的最劣等产物——都抱着愚昧荒唐的偏见，但她的想法却仍然包含着一些常识。一旦拉特克利夫先生到了那个一切政治家都迟早不可避免的时刻，一旦忘恩负义的国家允许他在伊利诺斯的朋友中奄奄待毙，他将会怎样处置自己的妻子呢？他真的以为，一个对纽约厌烦得要死又不能在欧洲找到永久快乐的妻子，能够在波奥尼亚浪漫的村庄上平静地生活吗？不然，难道拉特克利夫先生想象他们能够从彼此的恩爱和睦中、从李太太的收入和华盛顿令人兴奋的事件中获得幸福不成？在热烈的追求中，拉特克利夫先生答应李太太提出的任何条件，可是，如果真的以为美满幸福相期在金色的晚年，那他对女人和金钱的信赖，就绝非较有见识的人们所能苟同的了。

无论拉特克利夫先生打算如何对付这些障碍，他的计划几乎都不可能叫西比尔中意。她纵然不能正确地认识那些草原巨人，但对于女人，尤其是对自己的姐姐，却远比拉特克利夫先生了解。在这方面她是万无一失的，倘使她的恳求没有超出这个范围，现在的情况就一定不至于如此困厄，因为激烈的情辞虽然使李太太产生动摇，但荒诞的恐惧却坚定了她的态度。马德琳厌恶这种歇斯底里的激烈反对，因而更加固执己见。她温和而坚决地训斥妹妹：

“西比尔，西比尔！不准你这样吵吵嚷嚷。要像个女人的样子，别像被惯坏了的小姑娘似的！”

像绝大多数不得不对付宠坏的和没有宠坏的孩子的人们，李太太求救于严厉的态度，这倒并非因为它是对付他们的适当方法，而是因为除此之外无计可施。她心里七上八下，身体极其疲劳，无论对自己还是对刚才的斥责都很不满意。疑惧从四面八方包围着她，而最激烈地反对她的，正是这个以其幸福改变她的初衷的妹妹。

不过，她的策略却收到了制止西比尔的亢奋的预期效果。西比尔停止啜泣，随即比较平静地站起身来。

“马德琳，”她说，“你真的要嫁给拉特克利夫先生？”

“我还能怎么办呢，亲爱的西比尔？出发点好的事情，我都想做。我原以为你会高兴的啊。”

“你以为我会高兴？”西比尔惊讶地叫道，“奇怪的想法！只要你对我提过一句，我就会明白地告诉你我讨厌他，真弄不懂你怎么忍耐得住。不过，我宁愿自己跟他结婚，也不愿看到你嫁给他。我知道你嫁给他一定会苦闷死的。莫德啊，求求你，说你不嫁他吧。”西比尔抚摸着姐姐，又低声抽泣起来。

李太太极其苦恼。违背心腹朋友的愿望固然非常痛苦，而对自己念念不忘其幸福的至亲显得冷酷无情，则更加不堪忍受。不过，任何理智的女人，在说过打算嫁给拉特克利夫先生这样的男人之后，都绝不会因为另一个女人要小孩子脾气而抛弃对方。西比尔的稚气竟超过马德琳的想象。她甚至不知道自己的利益所在；她不了解拉特克利夫先生和西部地区，就像他是童话中的巨人，住在豆茎的顶端一般。必须把她当做小孩子，温柔、慈爱、宽恕而坚决地对待她。为她自己着想，必须拒绝她的恳求。

想到这里，李太太终于开口了，那毅然决然的外表完全掩盖了内心的战栗。

“西比尔，亲爱的，因为没有别的办法让大家都高高兴兴，我已经决定嫁给拉特克利夫先生了。你用不着怕他，他很和气，很宽宏大量。再说，我也会照顾自己的，而且还能照顾你。得了，我们现在别说了。天已经大亮，我们都太累了。”

西比尔立刻镇静下来，她站在姐姐面前，好像两人都马上要扮演相反的角色，说：

“这样说来，你真的已经决定了？我说什么都不能改变了？”

李太太从来没有这么吃惊过，她瞠目结舌地望着妹妹，慢慢地坚决地摇摇头。

“那么，”西比尔说，“我还能做的就只有一件事情了，你一定得看看这个！”说着抽出卡林顿的书信，送到马德琳面前。

“现在不行，西比尔！”马德琳劝道，生怕又引起一场长时间的争斗，“我们先休息一会儿，然后我一定看，现在去睡吧！”

“除非你先看这封信，否则，我绝不离开这个房间，也绝不睡觉，”西比尔一边回答，一边抱着伊丽莎白女王似的决心，在壁炉前坐下，“即使在这儿一直坐到你结婚也不！我答应卡林顿先生让你立刻读信，这就是我现在所能做的一切。”

李太太叹了口气，拉开窗帘，在灰蒙蒙的晨光中坐下，拆开信封，读了下面的一封信：

亲爱的李太太：

这封信，只有在你必须了解其中内容的条件下，才能送到你的手中。若非万不得已，我是不会写这封信的，由于又一次干涉你的私事，我不得不请求你的原谅。但是，如果我现在不予干涉，你就有理由对我埋怨不尽的。

你前几天问我，我之所以鄙视拉特克利夫先生的人格，是否因为我了解他有什么不为世人所知的隐秘。我当时回避了这个问题。我应该遵守职业规则，不能泄露保证严守秘密的事实。而我现在决心违犯这些规则，仅仅是因为对你负有似乎超越一切的义务。

我确实了解拉特克利夫先生的一些行径，因而，依我看，不但大可以鄙视他的人格，而且足以证明，且不说不配当你的丈夫，他甚至不配做你的朋友。

你知道，我是塞缪尔·贝克的遗嘱执行人。你知道塞缪尔·贝克是谁，你见过他的太太。她亲口告诉过你，根据她丈夫临终时的特别请求，是我帮助她检查和销毁他的全部私人文件的。下面就是从这些文件和她的说明中获悉的最重要的事实之一。

八年前，规模巨大的洲际邮轮公司希望把业务扩展到全世界，并为此向国会申请巨额补助。该公司把这件事情委托给贝克先生办理，而贝克先生致该公司董事长的私人信件的副本，以及该董事长的复函，又全部落在我的手中。当然，贝克先生的信件是用某种密码写的，他经常使用几种密码。他在文件中保存着这种密码的索引，但即使没有索引，贝克太太也能解释清楚。

从他们的信来信往中看来，该议案在众议院顺利通过之后，转到参议院时，送到相应的委员会。它的最后通过似乎很成问题：国会休会在即；参议院意见分歧，双方势均力敌；委员会主席坚决反对。

这个委员会的主席就是拉特克利夫参议员，提到他时，贝克先生总是慎而又慎地使用密码。不过，你如果要查证这个事件，追溯该补助议案所经过的各阶段的历史，以及拉特克利夫先生的报告、议论和投票情况，却只需翻看一下当年的国会议事录。

最后，贝克先生写道，拉特克利夫参议员把议案装进口袋，除非找到某种方法消除他的反对，否则绝不可能提交大会进行表决。一切进行解释和施加影响的通常手段都用尽了，遍试无效。在这紧急关头，贝克建议公司允许他试试金钱的作用，他还写道，如果数目不大，则不但无用，反而有害；除非至少豁出十万美元，最好不要多此一举。

公司的复函授权他使用不超过十五万的任何必需的数额。两天以后，他写道，议案已经提交大会，可在四十八小时内获得参议院的通过，并为只用去上笔账款中的十万美元向公司道贺。

如其所言，该议案确实被提交和通过了，成了法律，该公司从此以后得到国家的补助。贝克太太还告诉我，就她所知，她丈夫以美国公债券的形式把上述款项交付给拉特克利夫参议员。

这笔交易，联系到他政治上的不端行为，就是我一直对他表示怀疑的原因。不过，你一定可以理解，所有这些文件都被烧毁了；贝克太太怎么也不肯不顾自己的安宁而披露这些事实；为了维护自身的利益，公司的高级职员也绝不会泄漏天机，账面上一定毫无痕迹可查。我如果控告拉特克利夫先生，唯一吃亏的必定是我。他会矢口否认，并且反唇相讥。我什么也证明不了，所以，我简直比他还愿意完全保持沉默。

我把这桩秘密告诉你，完全相信你不会对任何人——甚至包括你妹妹——提及。如果愿意，你可以向仅有的一个人，即拉特克利夫先生本人出示我的书信。尔后，我恳求你立即付之一炬。

致以

最热烈的良好祝愿

你忠实的
约翰·卡林顿
四月二日，华盛顿

李太太读完信，沉默了一阵，瞪视着窗下的广场。晨曦已经来临，灿烂的四月的阳光，照耀着晴朗的天空。她推开窗扉，吸了一口春天的温柔气息。她的整个心灵都受到震撼，受到侮辱，都在痛苦之中，愤怒之中，她需要大自然所能赐予的全部纯洁和宁静。她无视一切朋友的劝告，一直固执地相信这个家伙，甚至滑到以身相许的边缘。一个应该关进州立监狱的家伙——如果法律就是公正的话——一个受贿渎职的家伙。开始时，她怒不可遏，恨不得立即见到他，剥下他的画皮，恨不得把对付全部政治鹰犬的满腔憎恨都一齐倾倒出来。她要看看这种动物的构造是否与其他动物相同，看看它们还有没有廉耻感，看看它们心上还有没有一点儿干净的地方。

接着，她又想到这也可能是个误会，也许拉特克利夫先生能够解释清楚。可是，这个念头仅仅揭开她自尊心上的另一个痛苦的伤口。她不但相信卡林顿的揭发，而且相信拉特克利夫先生必然会为自己的行径辩护。一个可能犯下这种罪行的男人，她却一直愿意嫁给他；而现在，她一想到将来的丈夫竟可能受到如此的指控，一想到这种无法以难以置信的愤怒和鄙视所能打发的指控，不禁不寒而栗。这是怎么回事？她怎么会陷进这么污秽的泥沼？离开纽约时，她只打算在华盛顿袖手旁观的啊。早料到会被诱惑而堕进再醮的阴谋，她是绝无此行的，因为她曾以忠诚地怀念先夫而自豪，憎恶再次结婚。但是，在心绪不宁和精神孤独中，她把这一切都忘掉了，只考虑一个没有丈夫和孩子的女人值不值得生活下去，只考虑家庭是不是生活所必须提供的一切，只考虑能不能在家庭之外找到任何乐趣，因而，尽管不乏朋友的规劝和自己的良知，她仍然眼睁睁地被那串鬼火引进了政治的泥沼。

她站起来在房间中来回踱步。西比尔躺在长沙发上，眼睛半闭，注视着她。李太太越来越恼恨自己，随着自责的加重，对拉特克利夫的怒气渐渐消失了。他根本没有欺骗过她，他历来公开地声明，他认为政治上没有道德准则，如果正直达不到目的，那就诉诸邪恶。她怎么能够因为那些他一再在她面前申辩，并得到她默许的行为而谴责他，谴责维护这种或者其他任何污行劣迹的原则呢？

更加让她难堪的是，这个发现不是缓减她的痛苦，而是给她当头一棒。她想到这里，不禁对自己勃然大怒。她一直没有认识自己的内心深处，一直真心诚意地以为是西比尔的利益和幸福迫使她作出自我牺牲；现在，她看到了在自己的心灵深处起作用的乃是迥然不同的因素，乃是野心、权欲，急于多管闲事的焦躁不安，盲目地渴望逃脱目睹别的女人生活充实、天性满足而自己生活空虚、灰暗的折磨。有一段时间，由于不认识自己的虚妄，竟然抱着这样一种幻想：一个新的大有作为的天地正向自己敞开大门，匡世济民的大好机会将填补失去幸福所留下的空白；她终于找到一个目标了，纵使预见到自己的尝试必将失败，在为之奋斗中了却余生，也未尝不是件赏心乐事。而现在，夜过梦醒，倍加凄惶。不过，最不堪还不是梦幻的破灭，而是发现自己的懦弱和自欺。

由于持续不断的忧虑、紧张、激动和失眠，她精疲力竭，无法与头脑中的种种臆想搏斗。心力交瘁到如此程度，恐怕只能导致一场精神危机。危机，终于爆发了。

“活在世上真没意思啊！”她叫道，猛地举起双臂，显示出悔之莫及的愤怒和自暴自弃的绝望，“我巴不得死掉啊！巴不得世界彻底毁灭！”她泪涌如泉，扑倒在西比尔身旁。

西比尔默默地注视着她的反应，悄悄地等待着激动的情绪平息下来。没有什么可说的，只有无言的抚慰。一阵感情的猝发之后，马德琳静静地躺了一会儿，接着又受到别的思想的搅扰。她的自责从拉特克利夫转向西比尔。西比尔确实满脸倦容，脸色苍白，似乎累得要命。

“西比尔，”她说，“你必须马上去睡觉，你已经疲惫不堪了。我真不应该让你这时候还不去休息。现在去睡吧，去睡一会儿。”

“马德琳，你不睡我也不睡！”西比尔平静而倔犟地回答。

“去睡，亲爱的！这件事情已经决定了，我不嫁给拉特克利夫先生，你用不着再为这件事担心了。”

“你很痛苦吗？”

“我只恨我自己。我早该听从卡林顿先生的劝告了。”

“啊，莫德！”西比尔突然热情洋溢地叫道，“你要嫁给他就好了。”

这句话勾起李太太新的兴趣。“啊，西比尔，”她说，“你这话一定不是当真的吧？”

“我是当真的，”西比尔坚定地回答，“我知道你以为我爱卡林顿先生，可我并不，他当我的姐夫我才称心呢。你知道他确实是很好的人，而且，你还可以帮助他妹妹。”

李太太沉吟了片刻，对探测一个正在愈合的伤口是否明智有点儿犹豫，但她急于解除心头的忧虑，终于不顾一切地冲口而出：

“你说的真是心里话吗，西比尔？那你为什么说喜欢他？他走了之后，你为什么那么忧伤？”

“为什么？我看这个‘为什么’简单得很！因为我像每个人一样，以为你要嫁给拉特克利夫先生；因为你一嫁给他，我就不得不离开你而独自生活；因为你把我当做孩子，根本不同我说心里话；因为卡林顿先生是唯一能够给我出主意的人，他一走，我就只有单枪匹马地同你和拉特克利夫先生斗争，犯了错误就没有人帮助我了。如果换上你，你着实还要更忧伤呢。”

马德琳疑惑地对她打量了一会儿。这种心理状态能够持久不变吗？西比尔知道自己伤口的深度吗？可李太太又能怎么办呢？也许，西比尔真的有点儿欺骗自己。也许，一旦兴奋过去，卡林顿的形象，就会稍嫌过多地浮现在她的心头，有碍她的身心愉快。将来的事情，让将来去管吧。李太太紧紧地抱住妹妹，说：

“西比尔，我犯了一个可怕的错误，你一定得原谅我。”

十三

李太太直到下午才重新露面。她说不准自己睡了多久，但看起来未必有过长时间的酣睡；然而，虽然睡得很少，她却以想得很多弥补了睡眠的损失。在思想的过程中，猛烈地激荡胸臆的风暴渐渐减退、消歇了，所以，现在纵使没有天霁日出，也可以说是风平浪静的了。当她躺在床上，一个小时又一个小时地等待着迟迟不至的睡眠时，她开始在强烈羞耻感中回顾自己多么轻易地受到虚荣心的诱惑，竟然想象自己可以匡世济民，甚至沾沾自喜地欣赏改造拉特克利夫、改造克雷布斯和克林顿的图景。现在，她痛苦地明白了，仅仅拉特克利夫一个人就能轻而易举地把她玩弄于股掌之上。一想到果真嫁给拉特克利夫时的处境，以及那时将在道德上栽的无穷无尽的跟斗，她不由满心恐惧。她几乎被拖到政治机器的巨轮之下，不能享尽天年。想到这里，她感到一股疯狂的、复仇的愤怒扑向以拉特克利夫为首的全部政客。她在酝酿当面怒斥拉特克利夫的严词峻语中度过几个小时。而后，随着心情的渐渐平静，拉特克利夫的罪恶也显得不那么严重了。生活，毕竟没有完全被他的奸诈所玷污，就是对她，无论多么痛苦的经历，毕竟不无教益。她到华盛顿，难道不是为了寻找有影响的人物的吗？拉特克利夫的影响，不是足以使她满意的吗？她不是钻进政治的中心，亲眼目睹了只要权力在手，连愚蠢的乡巴佬头脑中的玩具木马，也能毫不费力地变成可怕的梦魇，使许多国家睡不安枕吗？那些总统和参议员的滑稽表演太有趣了——有趣得几乎使她参加进去。幸亏她及时地挽救了自己。她寻根究底，搜出了民主政治这种表演的精神实质，发现它与任何其他形式的政治毫无二致。凭借自己的常识，她虽然也可能知道这一点，但现在却被自己的经验证实了，因而，她就可以高高兴兴地离开这场假面舞会，回到生活中真正的民主中去，回到她的贫民、监狱、学校和医院中去了。至于拉特克利夫先生，她觉得处置他毫不困难。让拉特克利夫先生及其巨人同僚在他们的政治荒原上闯荡，随心所欲地寻求官职以及其他有利可图的猎物好了。他们的目标不是她的目标，与他们为伍不是她的志向。她对拉特克利夫先生不再那么恼恨了，她不希望斥责他，不希望同他争吵。作为一个政客，他的所作所为，奉行的是他自己的道德准则，评判他的是非不关她的事情，她只要求保护自己的权利。她觉得自己不难同他保持一定的距离，只要卡林顿所写的确是事实，那么，他们就绝不能再交朋友了，但不妨继续保持一面之交的关系。她的这种道德观念，如果失之褊狭，那至少证明她从拉特克利夫先生那里学到了一点儿东西，也许还证明她尚需进一步了解拉特克利夫先生其人。

钟响过两点之后，当李太太从卧室下来时，西比尔还没有露面。马德琳按铃嘱咐仆人，如果拉特克利夫先生来访，她要见他，但其他人一律谢绝。而后坐下写信，准备去纽约的旅行。为了逃避那种她觉得像雪崩似的悬在头顶的闲话和非议，她现在必须赶快逃走。西比尔终于下楼了，她的精神比姐姐饱满得多，她们一起花了个把小时安排一些琐碎的事情，结果，她们又兴致勃勃的了，西比尔更是满面春风。

这天，许多客人来到她们的门前，有的是出于友谊，有的则纯属好奇，因为李太太在舞会上的突然离去已经引起人们的议论。所有这些客人都被坚决地拒之门外。同时，由于下午渐渐过去，李太太打发西比尔离开，以便与拉特克利夫单独对阵；西比尔万虑俱释，便出发去打搅邓贝格与其勋爵夫人的最近一次约会，欣赏维多利亚的最后一个“侧面”了。

将近四点钟时，人们看见拉特克利夫先生的高大身影从财政部出来，步下宽大的西大门台阶。财政部长故意折向广场，然后穿过马路，在李太太门口站住。他一揿门铃就被让进屋内。客厅中，李太太独自一人，一见他进来便相当严肃地站起来，尽量客气地表示欢迎。她希望立即破除他的妄想，态度坚决而不损伤他的感情。

“拉特克利夫先生，”当他坐下时，她说，“我相信你一定希望我马上坦率地表明态度。昨天晚上我没能回答你，现在却要立即予以答复。你的要求是办不到的，我甚至不愿去谈它。这件事就到此为止，让我们保持原来的关系吧。”

她不能逼迫自己对他的眷恋表示任何感激，也不能对不得不给予如此菲薄的报答表示任何歉意。她觉得她所能要求自己的，只有待之以相当的礼貌。拉特克利夫感觉到她的态度变化，曾准备苦斗一场，但意料不到一开始就遭到如此干脆的断然拒绝。他的表情变严厉了，开口前迟疑了一会儿，但终于开口时，那口气却同李太太一样坚决。

“我不能接受这样的回答。并不是说我有权要求解释——我没有任何你必须尊重的权利——但我以为至少可以请求你不吝赐教，我想你是不会拒绝的。你能说说凭什么理由作出这个突然而粗暴的决定吗？”

“我不反对你有要求解释的权利，拉特克利夫先生。只要你愿使用它，你就有这个权利，我随时可以尽力向你解释一切，但希望你不要强求我这样做。如果我的话听起来让你觉得突然粗暴，那仅仅是为了不使你因捉摸不透而产生更大的烦恼。既然不得不让你痛苦，一下子说出来不是对你更公道、更有礼貌吗？我们一直都是朋友，我很快就要离开这儿了，我诚心诚意地希望不说任何可能影响我们关系的话，不做任何可能影响我们关系的事情。”

然而，拉特克利夫不理会、也不回答这番话语。他是辩论场上的老手，在需要全部才智捆住对手的时候，绝不至于上这些鸡毛蒜皮的当。他问：

“你这决定是刚作出的吗？”

“是很早之前就作出了的，拉特克利夫先生，不过忘却了一些时间，我考虑了一夜，又回到这个决定上了。”

“请问，你为什么回到这个决定上呢？如果当时没有什么强有力的理由，你想必不会犹豫不决。”

“我可以坦白地告诉你。如果由于我显得犹豫不决而使你产生误解，那实在抱歉得很。我并不是故意的。我犹豫是因为怀疑自己的生命是否最好用来帮助你；我的决定是因为我们一定不能互相适应。我们的生活轨道不同，而且都年纪太大，不能改变了。”

拉特克利夫宽慰地摇摇头。“你的理由，李太太，是立不住脚的。我们的生活中没有这么大的分歧。相反，我可以给你的生活以它所需要的用武之地，那是靠别的办法得不到的；你也可以给我的生活以它现在所需要的一切。如果这些就是你的全部理由，我相信是可以排除的。”

马德琳似乎并不完全欣赏这个意见，说话有些专横武断。“我们不必枉费口舌争论这个问题了，拉特克利夫先生，你我的生活观点天差地别，我不能接受你的，你也无法照我的去办。”

“只要你给我举一个例子，说明这种差别，”拉特克利夫说，“我就不说二话，接受你的决定。”

李太太对他注视了一会儿，好像不大相信他是认真的。他的要求中包含着一种出乎意料的厚颜无耻，如不立即加以制止，天晓得会给她招惹多大的麻烦。于是，她打开手边写字台的抽屉，抽出卡林顿的书信，递给拉特克利夫先生。

“这儿就是一个这样的例子，我刚刚得知，原本就一定要给你看的，不过想再等一等。”

拉特克利夫接过书信，不慌不忙地抽出信笺，看过签名，然后开始阅读，既没有惊讶的表情，也不露不安的神色。谁也想不到他一瞥见卡林顿的签名，就如这封信是他自己写的一样明了其中的内容。他的最初感觉仅仅是对计谋流产的愤怒。他不能马上理解怎么会发生这样的事情，竟料不到西比尔居然也会插手。他认定西比尔是个愚蠢浮躁的姑娘，对姐姐的行动毫无影响。他犯了一个男性常犯的错误：把聪颖的资质和意志的力量混为一谈。西比尔固然不是哲学家，但无论什么事情，只要一下决心，精力之旺盛，就非在生活的艰辛中疲惫不堪的姐姐可比。拉特克利夫先生见不及此，那就只能诧异究竟谁在从中作梗，诧异卡林顿怎么能够分身有术，既在墨西哥担任美差，同时又在华盛顿阻碍他的计划了。他不相信卡林顿竟有如此巧妙的手段。

他对这个打击咬牙切齿。他想，只要再有一天的时间，他就可以万事大吉了。他的想法也许不错。只要抓住李太太，哪怕只抓住那么一点点，他就可以用自己的语言向她说明这桩往事，并且从自己的观点出发，他完全相信自己能够舌上生花，博得她的同情。而现在，她怀着先入之见，情况就大为棘手了；但他并不灰心，因为在他看来，李太太的内心深处，同他一样渴望着入主白宫，因此，那表面的忸怩无非是诱惑面前的踌躇。现在，他转而考虑以什么最好的方法，再次煽起她的野心。他要再次把卡林顿赶出情场。

所以，他把信读过一遍，弄清其中的内容之后，为了争取时间，又慢吞吞地从头看了一遍。接着，他把信装回信封，交还李太太。李太太的态度同样平静，仿佛对这封信的兴趣到此为止，就随手扔进了壁炉。信，在壁炉中，在拉特克利夫的眼皮底下，焚为灰烬。

他对燃烧着的书信盯了一会儿，然后转向李太太，神态自若，一如往常地说："这件事情，我本来打算亲自告诉你的，但是很遗憾，卡林顿先生以为应当抢在我的前面。当然，他计较我的品行，是有他自己的用心的。"

"这么说是真的啦！"李太太说，语气比希望的略为急促一些。

"主要情况是真的，有些细节失实，造成的印象却是虚妄的。你该记得，八年前的秋天，总统选举期间，竞争很激烈，选票很接近。我们相信（虽然我当时在党内的地位没有现在突出），对于我们国家，选举的结果几乎与内战本身同样重要。如果我们失败，那就意味着政权落到双手沾满鲜血的叛乱分子手中，落到居心极其可疑的人们手中，这些人即便用心良好，也无力阻止追随者们的暴行。所以，我们的每根神经都很紧张，花钱如水，数额之大，远远超过我们的财力。至于这些钱是怎么花掉的，我不想说明，甚至也不清楚，因为我不过问这些细节，它们归全国委员会负责，我不是其中的成员。要紧的是我签了许多债券，借了很大的一笔钱，这笔钱必须归还。全国委员会成员和某些参议员多次讨论这个问题，我也参加过。结果是在国会将近休会的时候，该委员会的主席在两位参议员的陪同下前来找我，要我放弃对邮轮补贴议案的反对。他们没有公开说明原因，我也没有强求。他们是组织的负责人，他们说我的行为极大地关系到党的利益，这就够说服我了。我当时认为，对于一个议案，在意识到自己的认识极可能错误的时候，就没有权利坚持一己之见。因而，我提交了这个议案，像党内的大多数人士一样，投了赞成票。贝克太太说把钱交给我，那可是弄错了。我从卡林顿的信中才知道有这笔钱，如果真的付了，那是付给全国委员会的代表。我根本没有收到什么钱。我与这笔钱的关系，无非是根据后来归还竞选借款的情况，作出自己的结论而已。”

李太太以极大的兴趣听着他的每一句话。直到这时，她才真正感到自己触及了政治的核心，才像医生借助听诊器一样，检查出政治肌体的疾病。现在，她才终于明白了，那脉搏为什么跳得那么病态的不规则，人们为什么感到一种他们不能、也不愿解释的焦虑不安。她对这种疾病的兴趣压倒了对这种疾病的污秽的憎恶。如果说这个发现使她感到真正的喜悦，那是冤枉的，但她这时的兴奋，却把其他感觉一扫而空，甚至达到忘我的程度。直到后来，她才真正懂得拉特克利夫的希望多么荒唐：希望她在聆听了这么一段珍闻之后，居然还有参加政治改革的虚荣心，而且在他的帮助之下！倘使相信他知道善与恶、真实与谎言的区别，那他的厚颜无耻简直出类拔萃。她越看他越相信他的勇气仅仅是道德的麻痹，相信他对于道德与邪恶，就如色盲者对于红色与绿色。他对它们的反应与她不同，如果让他自己选择，他将没有任何可以遵循的准则。是政治使他的道德感官由于废弃不用而萎缩了吗？现在，她与一个道德犯人面对面地坐着，这个犯人甚至没有足够的幽默感，以看出自己要求的荒谬，竟要求她到这个腐化之海的海岸上去，重演古代英王卡奴特或者拿抹布提水桶的帕廷顿夫人的角色。这样一个没有理性的家伙，你能拿他怎么样呢？

一个目睹这一场面而比较了解内情的旁观者，或许能从问题的另一方面，即李太太的诚实可欺上，发现其中的乐趣。李太太尽管怀着戒心，但在这位大政客的面前，却仍然只是襁褓中的婴儿。她对他的叙述信以为真，以为这种事情既是邪恶的，也是可能发生的；然而，倘若拉特克利夫的同伙在场，听到他的介绍，则一定会相顾而笑，流露出行家的骄傲，绝对相信他无疑是美国有史以来的空前干才，简直肯定可以当上总统。不过，若非迫不得已，他们是不肯暴露对这件事情的看法的，在相互之间谈起时，很可能认为事件的真相大致如下：为了使他的州在参议院中得到代表和他自己重新当选为参议员，拉特克利夫勉强他们挥金如土；为此，他们要归咎于他，他要规避责任，因而双方争论得很激烈；最后，他才暗暗提议要求贝克的帮助，并且照此办理，还迫使他们为保全自己的面子而接受那笔款项。

这一部分情况，即使被李太太听见，虽然会加深她对拉特克利夫先生的愤慨，却也不至于改变她的意见。事实上，她现在就已经听得够多了，拉特克利夫讲完时，她竭力克制自己，不让内心的憎恶溢于言表。拉特克利夫见她不开口，又继续说：

"我不想为这件事情辩护，在我的政治生涯中，这是一件最为遗憾的事情——不是这种做法，而是这样做的必要。在这一点上，我的观点跟你一样，我不能承认我们在这上面有什么真正的分歧。"

"恐怕，"李太太说，"我不能同意你的观点。"

这句话很简短，在李太太真正想说之前脱口而出，但正是由于话的简短，才包裹着讥讽的芒刺。拉特克利夫感到被螫了一下，一反故作镇静的态度，倏地从椅子上跳起来，站在李太大面前的炉边地毯上，恢复那种根本不能引起对方同情的参议员的声调和架势，劈头盖面地向她泻下一段高论：

"李太太，"他说，声音严厉，强词夺理，"生活中的事情，除了最简单的，都存在着彼此对立的义务，我们无论怎么办，一举一动都不能不违反某种道德义务。对我们的要求，只能是我们应该以最高的义务为准绳。发生这一事件时，我是美国的参议员，又是一个伟大的政党所倚重的党员——我认为我们这个党就是我们这个国家——以这两种资格，我对我的选民，我国政府和全体人民负有义务。我可以狭隘地，也可以豁达地解释这些义务。我可以说：让政府垮台、国家毁灭、人民完蛋吧，我不愿玷污自己的双手；我也可以说：不管我遭到什么命运，这光荣的国家，这受灾受难的人民的最后希望，必须永存。我当时就是这么做的，现在也这样认为。”

说到这里，他顿住了，他见李太太对他端详了一会儿之后，现在正瞪着炉火。她在失神地寻思参议员的思想多么莫名其妙，飘忽不定。接着，他便从另一方面为自己辩护。他虽然不明白，却正确地断定，刚才的申辩中一定存在着什么道德上的瑕疵，因而照那样固执下去，必定枉费口舌。

“你不应该指责我——指责我是不公正的。我祈求你的正义感。在这个问题上，我对你隐瞒过自己的观点吗？我难道不是恰恰相反，总是公开地承认它们吗？同一个卡林顿，不是曾经在这儿，就在这个地方，迫使我为一桩更加难以辩解的行为申辩吗？当时，我不是明白地告诉你，我冒渎神圣的大选，颠倒选举结果吗？那是我一手包办的。与那件事相比，这件事微不足道！一家邮轮公司捐助十万或者百万竞选经费，会碍着谁呢？谁的权利会遭到它的损害呢？也许，股东们会因此每股减少一美元的分红，如果他们不抱怨，谁还会抱怨呢？可是，在那次选举中，我剥夺了一百万人的，像各自的房屋一样属于他们的权利！你当时却不能说我做错了，在那件事情上，你连一句责怪和批评的话都没有对我说过。如果那是犯罪，你宽恕了它！你确实使我觉得，你并不认为那是犯罪，而现在，对于一个比较轻微的过失，为什么又这么严厉呢？”

这一棒打得很狠，李太太显然在它的打击下畏缩了，失去了镇静。这正是她引以自责而一直无以辩驳的问题。她有点儿感情激荡地嚷道：

“拉特克利夫先生，请你对我公道一点儿！我已经尽量克制了。我没有对你提出任何指摘和非难。我承认自己没有权利评判你的行为，我应该责怪自己，而不是责怪你，天知道我多么严厉地谴责自己啊。”

她含着泪花，声音颤抖地说出最后一句话。拉特克利夫看出自己占了上风，便挨得更近地在她身旁坐下，压低声音，更加有力地继续说下去。

“你当时公正地对待我，现在为什么不那样呢？当时，你是相信我尽了最大的努力的，可我一直是尽力而为的啊。另一方面，我从来不诡称我的一切行为都符合抽象的道德。既然如此，那么，我们有什么分歧呢？”

李太太没有回答这个最后的申辩，相反，她回到原来的立场上。“拉特克利夫先生，”她说，“我不想跟你争论这个问题。我相信你能够驳倒我。也许，在我这一方面，这是感情的问题，而不是理智的问题，我觉得事实是明摆着的，我不适合搞政治。我将成为你的拖累。让我有点儿自知之明吧！别再强人所难了！”

如此恳求一个她所不能尊重的家伙，竟如乞求他的怜悯似的，她为自己感到害臊，但她害怕受到欺骗他的指责，所以可怜地竭力回避。殊不知她的软弱反而怂恿了拉特克利夫。

“我必须再三提出恳求，李太太，”他越来越情辞恳切地回答说，“我的前途深受你的决定的影响，它不容许我接受你刚才的答复，把它当成最终决定。我需要你的帮助，为此，我什么都在所不辞。你要得到爱情吗？我对你情深如海，我要以热诚的一生来证明它。你怀疑我的诚意吗？你怎么考验都行。你担心被贬低到与庸俗政客为伍吗？就我本人而言，我的最大希望就是请你帮助我廓清政治。除了为此目的而报效祖国，还有什么更崇高的志向呢？你有强烈的责任感，一定会觉得，这些可以打动任何女人的高尚动机，都在联合起来，指出你的道路。”

李太太尽管毫不动摇，却也感到很不自在。她终于明白，不以强烈的措辞，就别想阻止这种纠缠了，她回答说：

“我并不怀疑你的爱情和诚意，拉特克利夫先生，我是怀疑我自己。今年冬天，你好心好意地告诉我许多秘密，我在政治上即使还不了解应该了解的一切，却也足以发现我所能做的蠢事，莫过于想象自己能够改造什么了。如果一定要这样想入非非，那我就像人们所猜测的那样，仅仅是一个追名逐利、野心勃勃的女人。要我去廓清政治的想法是荒谬的。我很抱歉，不得不说得这样激烈，但并非故意危言耸听。我并不怎么恋惜自己的生命，并不非常看重它，但不愿让它卷到这种是非中去。我不愿瓜分罪恶的利益，不愿沦为赃物的收受者，不愿被置于终身主张罪恶就是德行的地位。”

她越说越激动，使用的言语也比她原来想说的尖锐辛辣。拉特克利夫感觉到这种情况，流露出心中的懊恼，他脸色阴沉，眼神可怕地瞪着李太太，甚至张开嘴巴准备予以愤怒的还击，但他努力克制住自己，转而继续进行争辩。

“我原来指望，”他更加严肃地说，“能从你身上找到不顾这些危险的高尚的勇气。如果一切真正的人们像你那样说法，我们的政府就会顷刻完蛋。如果你肯与我同舟共济，我不否认你也许不能完全得到我所希望的满足，但如果把自己像圣徒似的供奉在孤零零的圆柱上，你就只能过着虽生犹死的生活。在我为自己的恳求中，我也在为你恳求。不要白白地浪费自己的一生！”

李太太无计可施了。她不能说出涌到嘴边的话：与凶手或者盗贼结婚并不是减少罪恶的可靠办法。她已经说了一些非常类似的话语，不敢说得更加彻底了，于是只得旧话重提。

“无论如何，拉特克利夫先生，我们必须根据自己的良知来运用我们的判断力。我现在只能重申我开始时说过的意见。对于你向我表示的一片情意，我很抱歉，似乎无动于衷，我不能照你希望的那么去做。你如果愿意，我们还是保持原来的关系吧，别在这个问题上继续逼迫我了。”

拉特克利夫越来越清楚地看出自己的失败，也变得越来越清醒。他是不达目的绝不轻易罢休的人，一生中从来没有放弃过如此萦念于怀的追求。现在，他完全受制于李太太的魅力，宁肯放弃总统也不愿放弃她。他确实诚心诚意地爱着她。对于李太太的固执，他将报之以更加不屈不挠的倔犟；然而，与此同时，他的攻势被击溃了，他完全不知道下一步应该采取什么行动。难道不能改弦易辙，抛出比总统宝座更能诱惑女性的野心和炫耀欲的诱饵吗？

"我对你就无愿可许，无牺牲可作了吗？你不喜欢政治，我离开政治界行吗？我宁肯做任何事情也不愿失去你啊。我大概能够得到驻英公使的任命，总统宁可让我去英国，也不愿让我待在这儿。如果我放弃政治，出使英国，这样的牺牲能使你回心转意吗？你可以在伦敦生活四年，不介入政治，而社会地位却是世界上最优越的；而且，这条渠道同样可以稳稳当当地通向总统的职位。"说到这里，他见毫无效果，便一反矫饰的镇静态度，突然以同样造作的强烈感情，号出一阵哀求。"李太太！马德琳！我没有你活不下去啊。你的声音——你的抚摸——甚至你衣服的摩擦声——都像美酒一样令我陶醉啊。天啊，千万别抛弃我！"

他企图以感情的力量征服对方的抵抗。他越说越激烈，还居然俯下身体企图抓住李太太的手。她把手猛然缩了回去，就像他是一条毒蛇。那种顽固地无视她的忍耐，那种赤裸裸的以官职相引诱的企图，那种连虚假的社会道德都公然不顾的行径，已经使她忍无可忍。他竟然还要接触她的肌体！哪怕只要这样想象一下都比可恶的疾病更加令人作呕。她决心给他一个终身难忘的教训，于是，突然大胆地直抒胸臆，连声音和态度中都带着明显的鄙夷。

“拉特克利夫先生，我是不能被收买的。任何地位、尊荣、殷勤，任何想得出的方法，都不能诱使我改变主意。别来这一套了！”

在这场谈话的过程中，拉特克利夫原来就已经不止一次地到达发怒的边缘了。他天性专横暴戾，仅仅由于长期的磨练和严酷的经历，才学会了自我克制。所以一旦发起火来，那升腾的烈焰仍然十分可怕。李太太明显地鄙视他的人格，这甚至比刚才的严厉呵叱更加不堪忍受。他站在她的面前，尽管她禀性高傲，现在又绝非心平气和，但一见他那满面紫涨、眼中冒火、双手气得发抖的样子，也不由得惊愕了一下。

“嘿！”他吼道，粗暴而近乎野蛮地冲着她，那气势更令她大吃一惊。“我早该知道会得到什么结果！克林顿太太早就提醒我了，她说我应该看出你是不长心肝的骚货！”

“拉特克利夫先生！”马德琳喝道，一边从椅子上站起来，那呵斥声几乎同他的怒吼一样激愤。

“不长心肝的骚货！”他愈加蛮横地又吼了一声，“她说你就是这样的骚货！说你是存心欺骗我！说你靠阿谀奉承过活！说你只能是一个骚货，如果娶了你，我一定会后悔一辈子。我现在相信了！”

李太太也是天生的暴烈脾性，这时同样怒火中烧，气得发狂，简直冲动得要把那家伙碾为齑粉。但她知道自己胜券在握，所以比较易于控制自己的声音，她以难以形容的轻蔑口吻说出最后一番话语，一番整天响在耳边的话语。

“拉特克利夫先生，我已经以你所远远不配的耐心和礼貌听你说话了。整整一个小时，我都在贬低自己，同你争论该不该同一个这样的人结婚的问题：一个自己供认背弃他所能被托付的最高责职的人，一个为自己当选为参议员而接受贿赂的人，一个靠阴谋窃取公职、而根据法律应该进州立监狱的人。我不愿再忍耐下去了。我彻底明白了，我们的生活之间，横着一条不可逾越的鸿沟。我不怀疑你会当上总统，但无论你当什么，无论你在什么地方，你都再也别跟我打招呼，再也别认识我！”

拉特克利夫愤怒而茫然地对她的面孔瞪了一会儿，接着，当他似乎还要说点儿什么时，她突然冲过他的身旁，没等他回过神来，就把他一个人撇下了。

拉特克利夫虽然处在狂怒的支配之下，却知道自己无可奈何，犹豫了片刻，也就离开李太太的客厅了。当他出了屋子，砰地带上大门，踏上人行道时，老男爵雅各比正朝这边而来。雅各比自有特别的理由，需要了解李太太从舞会的疲劳和兴奋中恢复过来的情况。他总是憎恨、鄙夷和讥诮地注视着拉特克利夫的命运，所以一眼就看出这位大伟人的生涯中，一定出了什么差错。

男爵在时刻不离左右的恶魔的驱使下，抓住这个机会，希望探测一下这位朋友所受的创伤的深度。他们在李太太的门口相遇，近得不能不打招呼，于是，雅各比带着极其邪恶的微笑，伸出手去，同时幸灾乐祸地说：

“我希望能够向阁下表示祝贺！”

拉特克利夫很高兴能够找到一个发泄满腔仇恨的替身。他有许多耻辱要奉还这个家伙，刚才的侮辱更是万万不能容忍。伴随着一声咒骂，他打开雅各比的手，抓住对方的肩膀，把他推下人行道。男爵虽然有许多性格上的弱点，但缺乏怒气和匹夫之勇却不在此列，他绝不忍受这家伙的这种侮辱。甚至当拉特克利夫仍然抓住他的肩膀时，他就举起手杖，不等财政部长发觉，便用尽全身之力，不歪不斜打在对方的脸上。顿时，拉特克利夫踉跄后退，脸色苍白，但这一击倒使他清醒了。他迟疑了一刹那，考虑要不要一拳打倒进攻者，但转念一想，像他这样年富力壮的健汉，竟在大街上攻击一个年老体弱的外交官，可能是个致命的错误，所以，当雅各比怒气冲冲地站住，举着手杖，准备进行第二次打击时，拉特克利夫先生蓦地转身，一声不吭地急忙溜走了。

此后不久，西比尔回来时，发现客厅中空无一人。她走进姐姐的卧室，见马德琳躺在长沙发上，脸上显得疲倦而苍白，但表情安详，带着一丝笑意，仿佛做了一件问心无愧的事情。她把西比尔叫到身边，握住她的手，说：

“西比尔，亲爱的，你愿意再同我到国外去吗？”

“当然愿意，”西比尔说，“同你到天边去都愿意。”

“我想去埃及，”马德琳说，仍然淡淡地微笑着，“民主已经把我的神经都撕碎了。唉，住在大金字塔里，遥望着北斗星，该是多么宁静的休息啊！”

尾　声

西比尔给卡林顿的信

亲爱的卡林顿先生：

我答应给你写信，所以，为了遵守诺言，同时也因为姐姐希望我把我们的打算告诉你，我就发了这封信。我们已经离开华盛顿了——大概是永不回头了——并打算下月去欧洲。我必须告诉你，半月之前，斯卡勋爵为一位名字很拗口的什么大公爵举行了一次舞会。我不善于描写，可是，真的，舞会确实好极了。我穿了一件新礼服，取得很大的成功。马德琳也一样，虽然她几乎整个晚上都坐在大公爵夫人——一个衣冠非常不整的女人——的身边。公爵邀我跳了好几轮舞，他按捺不住，不得不尔，不过，对于一个大公爵来说，这似乎不算什么。咳！当天快亮的时候，事情发展到紧要关头。我遵照你的嘱咐，回家后就把你的信交给马德琳。她说已经把信烧掉了。我不知道此后发生了什么——恐怕是一场急风暴雨，维多利亚·戴尔从华盛顿写信给我，说人人都在议论马德琳拒绝拉特克利夫先生的求婚，以及舞会后的第二天，拉特克利夫先生和雅各比男爵在我们家门口发生的可怕的事情。她说那是一场货真价实的战斗，男爵劈面打了拉特克利夫一手杖。你知道马德琳多么担心他们会在我们的客厅中做出这样的事情。我很高兴他们等到在大街上才动手。多么可怕的事情！他们说男爵要被撵走、或者被召回什么的了。我很喜欢这个老人，因此很高兴现在不时兴决斗了，虽然我不太相信赛拉斯·P. 拉特克利夫先生能够击中任何目标。三天前，男爵在去欧洲进行暑期旅行的途中路过这里。他给我们留下名片，但我们不在家，没有见到他。我们将在七月份与施奈德库彭兄妹一起出国，施奈德库彭先生答应把他的游艇送到地中海去，以便我们在游览了尼罗河、耶路撒冷、直布罗陀和君士坦丁堡之后乘坐。我想这次游览一定十分愉快。我虽然讨厌断垣残壁，但相信在君士坦丁堡一定能买到什么饶有趣味的东西。当然，发生了那样的事情之后，我们是再也不能回华盛顿了。我很留恋我们的骑马郊游。我照你说的去读布朗宁先生的《上一次并辔偕游》，觉得诗意很美，也很容易理解，只有一点点地方不甚了了。过去，他的诗我只字不懂——根本没有去钻研。你知道谁订婚了吗？维多利亚·戴尔，同一个叫邓贝格勋爵的爱尔兰泥煤田上的贵族。维多利亚说她现在比过去的任何一次订婚时都高兴，并且相信这次是真正的订婚了。她说她每年从美国的穷人手中夺得三万美元，完全可以去救济一个爱尔兰的穷人。你知道她父亲是个律师什么的，据说以骗取委托人的权利发财致富。她简直疯狂地想当伯爵夫人，打算很快就把邓贝格城堡整修一新，在那里招待我们大家。马德琳说她正是那种能在伦敦可以大获成功的类型。马德琳身体很好，并在此向你致意。我相信她一定有几句附言。我答应把这封信送她过目，不过，我觉得，一封要让保护人过目的书信，无论对于作者还是读者，都不会是很有趣的。希望很快收到你的复信。

你的诚挚的

西比尔·罗斯

五月一日，纽约

在发信前的最后一刻，西比尔瞒着李太太，又加进一张薄薄的纸片，上面写着：

“如果我处在你的位置，等她回国之后，我会再试一次。”

李太太的附言很短：

这个可怕经历的最难堪的部分，就是我们的同胞，十有八九会说我犯了一个错误。